SV

PETER HANDKE
DAS ZWEITE SCHWERT

EINE MAIGESCHICHTE

SUHRKAMP

für Raimund Fellinger

Erste Auflage 2020
© Suhrkamp Verlag Berlin 2020
Alle Rechte vorbehalten, insbesondere das der Übersetzung,
des öffentlichen Vortrags sowie der Übertragung
durch Rundfunk und Fernsehen, auch einzelner Teile.
Kein Teil des Werkes darf in irgendeiner Form
(durch Fotografie, Mikrofilm oder andere Verfahren)
ohne schriftliche Genehmigung des Verlages reproduziert
oder unter Verwendung elektronischer Systeme
verarbeitet, vervielfältigt oder verbreitet werden.
Umschlaggestaltung: Rothfos & Gabler, Hamburg
Druck: CPI – Ebner & Spiegel, Ulm
Printed in Germany
ISBN 978-3-518-42940-2

DAS ZWEITE SCHWERT

EINE MAIGESCHICHTE

Und Er sagte zu ihnen: Wer jetzt einen Geldbeutel hat, nehme den, ebenso einen Reiseranzen, und wer keins davon hat, verkaufe sein Gewand und kaufe ein Schwert! ... Sie aber sagten: Herr, siehe, hier sind zwei Schwerter! Und Er sagte zu ihnen: Das genügt

(Lukas, 22, 36-38)

1. SPÄTE RACHE

»Das also ist das Gesicht eines Rächers!« sagte ich zu mir, als ich mich an dem bewußten Morgen, bevor ich mich auf den Weg machte, im Spiegel ansah. Jener Satz kam vollkommen lautlos aus mir, und zugleich artikulierte ich ihn; bewegte, indem ich ihn still aussprach, überdeutlich die Lippen, wie um ihn mir von meinem Spiegelbild abzulesen und auswendig zu lernen, ein für alle Male.

Eine solche Art Selbstgespräch, womit ich mich doch sonst, so oder so, und das nicht erst seit den letzten Jahren, oft tagelang allein unterhielt, erfuhr ich in diesem Augenblick als etwas für meine Person Einmaliges, und dazu über mich hinaus Unerhörtes, in jedem Sinn.

So sprach und erschien ein menschliches Wesen, welches dabei war, nach vielen Jahren des Zögerns, des Aufschiebens, in den Zwischenzeiten auch des Vergessens, aus dem Haus zu gehen und die längst fällige Rache zu exekutieren, zwar – vielleicht – auf eigene Faust, doch jenseits dessen im Interesse der Welt und im Namen eines

Weltgesetzes, oder auch bloß – warum »bloß«? – zum Aufschrecken und in der Folge Aufwecken einer Öffentlichkeit. Welcher? Derjenigen welcher.

Seltsam dabei: mir wurde, während ich so mich, den »Rächer«, in Gestalt der Ruhe in Person und der Instanz über sämtlichen sonstigen Instanzen im Spiegel betrachtete und wohl eine Stunde lang förmlich einstudierte, insbesondere das Augenpaar, von dem kaum einmal ein Wimpernzucken kam, zugleich zunehmend das Herz schwer und tat mir dann, weg vom Spiegel, weg von Haus und Gartentor, sogar weh.

Mein übliches Reden mit mir selbst war, jeweils gar wortreich, entweder ein nicht allein lautloses, sondern völlig ausdrucksloses und von niemandem – so bildete ich es mir wenigstens ein – bemerktes. Oder ich schrie es, allein im Haus und zugleich – wieder in der Einbildung – allein auf weiter Flur, aus mir heraus, in der Freude, in der Wut, in der Regel wortlos, bloße Schreie, ein jähes Aufschreien. Als Rächer nun aber öffnete, rundete, schürzte, spannte, verzerrte ich den Mund, riß ihn auf, stumm bleibend, in einem deutlichen, wie schon seit jeher, und eben nicht von mir persönlich vorgesehenen Ritual, welches mit der Zeit vor dem Spiegel übergegangen war in eine regelrechte Rhythmik. Und aus solchem Rhythmus waren zuletzt Töne geworden. Aus mir, dem Rächer, war ein Singen gekommen, ein Singsang, ohne Worte, ein bedrohlicher. Und der hatte das Herzweh hervorgerufen. »Schluß mit dem Singen!« schrie ich mein Spiegelbild an. Und es hatte auf der Stelle gehorcht und sein Gesumme abgebrochen, das Herz freilich so doppelt beschwerend. Denn jetzt gab es kein Zurück mehr. »Endlich!« (Wieder geschrien.)

Auf zum Rachefeldzug, zu führen von mir als Einzelperson. Erstmals seit einem Jahrzehnt nahm ich, der ich mich all die Zeit höchstens geduscht hatte, ein Morgenbad, stieg alsdann, ein Bein und ein Arm schön nach dem andern, in den grauschwarzen, im voraus auf dem Bett mitsamt dem von eigener Hand frischgebügelten weißen Hemd säuberlich ausgebreiteten Dior-Anzug; dem Hemd an der rechten Hüftseite eingestickt ein dickschwarzer Schmetterling, den ich einen Fingerbreit oberhalb des Gürtels in das Blickfeld rückte. Die Reisetasche, welche für sich allein mehr wog als das, was drin war, geschultert und aus dem Haus, ohne dieses abzusperren, nach meiner Gewohnheit selbst bei längeren Abwesenheiten.

Dabei war ich doch erst vor drei Tagen nach mehreren Wochen Stromerns durch das nördliche Landesinnere in meinen Stammwohnsitz-Vorort südwestlich von Paris zurückgekehrt. Und zum ersten Mal hatte es mich heimgezogen, mich, der seit dem gar vorzeitigen Ende, wenn nicht jähen Abbruch seiner Kindheit sich vor jeder Art Heimkehr, von jener zu der Geburtsstätte zu schweigen, gescheut, ja den es vor gleichwelchem Heimkommen gegraust hatte – ein Einschnüren im Körper bis in die untersten und letzten Darmausläufer – besonders dort.

Und diese zwei, drei Tage nach meiner, spät, aber doch, erstmals im Leben nicht »glücklichen« (bleib weg von mir, Glück!), vielmehr harmonischen Heimkehr hatten mein Bewußtsein, an Ort und Stelle zu sein, und das ein für alle Male, bekräftigt. Nichts mehr würde meine Ortsansässigkeit wie auch -verbundenheit in Frage stellen. Es war eine Freude am Ort, eine stetige, und solche Ortsfreude nahm die Tage (und Nächte) lang noch zu, und war auch, anders als in den fast drei Jahrzehnten zuvor, nicht mehr beschränkt auf Haus und Garten, hing in keiner Weise ab von den beiden, galt allein und rein dem Ort. »Dem Ort inwiefern? Dem Ort im allgemeinen? Dem Ort im speziellen?« – »Dem Ort.«

Zu meiner ungeahnten Ortsfreude, wenn nicht darüber hinaus Ortsgläubigkeit (oder, wenn ihr wollt, meinem späten Lokalpatriotismus, wie der sonst eher gewissen

Kindern zu eigen sein kann) trug auch bei, daß in der Gegend gerade eine der im Lauf der Jahre, nicht bloß in Frankreich, zahlreich gewordenen Ferien deklariert waren, nicht die langen des Sommers, sondern die um Ostern herum, gar nicht so kurz auch sie, verlängert jetzt im fraglichen Jahr meiner Rachegeschichte noch um die Zeitbrücke hin zum Ersten Mai.

So sorgten die Abwesenheiten, solche wie solche, für einen weiten und von Tag zu Tag weiteren, und in Momenten, die für den ganzen Tag standen, gar grenzenlosen Ort. Taglang nicht mehr das jähe Hundedoppel-Gebrüll hinter der Hecke, bei dem mir die Hand, ob sie nun gerade Worte oder Zahlen (auf einem Scheck, einer Steuererklärung) schrieb, wegschnellte und einen Strich, und einen wie dicken!, machte quer über das ganze Papier, Scheckpapier oder sonstwelches. Wenn doch noch ein Hund bellte, dann einer in weiter Ferne, wie am Abend einst auf dem Land, was jetzt auch zu Bewußtheit und Raumgefühl von Heimkehr, oder wenigstens bald bevorstehender, beitrug.

In dieser Zeit waren weniger Leute unterwegs; viel weniger. Es kam vor, daß ich auf den Straßen und dem sonst oft überbevölkerten Bahnhofsplatz vom Morgen bis zum Abend nur zwei, drei Menschen begegnete, und diese waren meist Unbekannte. Aber auch der eine oder andere mir vom Sehen Vertraute ging, stand, saß (vor allem saß er) als Fremder? Als jemand Anderer. Und ob Bekannte oder Unbekannte: regelmäßig grüßten wir einander, und das war einmal ein Grüßen. Oft wurde ich auch nach dem Weg gefragt und wußte immer, wo was war. Oder fast immer. Aber gerade, indem mir einer der Ortswinkel nicht gewärtig war, brachte es mich, und den Andern, auf die Sprünge.

Alle die drei Tage nach meiner Heimkehr keinmal das Rattern der Hubschrauber, welche sonst die Staatsbesuche vom Militärflugplatz auf dem Plateau der Ile-de-France hinab zum Elysée-Palast im Tal der Seine oder zurück transportierten. Keinmal von der Landestelle dort, vom Frühlingswind zu »uns«, so dachte ich unwillkürlich jetzt von mir und meinen Mitansässigen – herübergeweht die Bruchstücke der Trauermusik, mit welcher in der Normalzeit die Särge der in Afrika, Afghanistan oder sonstwo ums Leben gekommenen Soldaten, ausgeladen aus den Staatsflugzeugen auf das Ehrenpodest namens »Tarmac«, im französischen Vaterlande begrüßt zu werden pflegten. Der Himmel, allein in mittlerer Höhe durchkreuzt, durchkurvt, durchflattert, durchflittert (die ersten Schwalben) und durchschossen (ein so anderes Schießen, und überdies nicht das Spätkommen im Jahr der Falken und sonstigen Greifkrallen) von beinah allen möglichen Vögeln, und dazu, wieder eine Abwesenheit, kein sonst Sommer für Sommer allein im leeren Himmel zuhöchst im Zenit kurvenziehender Adler, angesichts dessen ich einmal, an einem lautlosen Hochsommermittag, in der Vorstellung, unten auf dem Erdboden ebenso allein zu sein, über die Gegend hier hinaus, sage und schreibe die Vision hatte, eine eher apokalyptische, und so oder so eine des Grauens: Ich sei, im Visier des Riesenadlers, im letzten noch übrigen Himmelsloch hier auf Erden der letzte Mensch.

Und – um nach solcher Sphärenschau wieder die hiesigen Teerstraßen und Steinpflaster unter den Sohlen zu gewinnen: dazu noch alle die Tage kein vormorgendlicher Mülltonnenkrach, oder kein übliches pausenloses Gerumms-und-Getöse, sondern, wenn Krach, ein sporadischer, jetzt hinter sieben Seitenstraßen, jetzt drei Steinwürfe weg nach dem zweiten Rondell, und jetzt, ein, zwei Halbschlafträume danach, die Tonne vor der Tür des nächsten Nachbarn, desjenigen, welcher in seinem inzwischen recht langen Erwachsenenleben, soviel ich weiß, noch keinmal über Haus und Ort hinausgekommen ist: Auch hier, wie dort hintendraußen von den spärlichen andern, von den Nachbarmülltonnen weder Knall noch Fall – beim Leeren, als sei da kaum was zu leeren, jeweils kaum ein kurzes Aufrauschen, dann Rascheln, fast ein Gezirp, nah an einem wie geheimen Klingeln; zuletzt einem sachten Zurück-auf-den-Platz-Stellen, wohl auch dank der besonderen, mir von der Bahnhofsbar von Zeit zu Zeit zutrinkenden örtlichen Müllmänner. Und in der Folge die Fortsetzung der auf den Tag einstimmenden Halbschlafbilder.

Immer wieder im Leben war mir in den Sinn gekommen die alte mehr oder weniger biblische Geschichte von dem Mann, der von Gott oder sonst einer höheren Gewalt von seinem Stammort am Haarschopf weggelupft wurde ganz woandershin – in ein anderes Land. Und ich für meine Person hätte mir, im Gegensatz zu dem Helden der Geschichte, der, scheint mir, lieber an Ort und Stelle geblieben wäre, auch so ein Weggetragenwerden von meiner Bleibe gewünscht, zuhinterst am Schopf gepackt, dank einer gnädigen Macht querluftein ferntransportiert zu einer anderen Bleibe? Nur keine Bleibe! Nichts wie wegexpediert von jetzt und hier!

Während der drei Tage vor meinem Mich-auf-den-Weg-Machen für die Rache-Aktion zog ich mich fast stündlich eigenhändig am Schopf, aber nicht, um mich vom Boden abzuheben und fort, hinter die Horizonte, zu schrauben, sondern um mich zu verankern, oder bodenständig zu machen, da mit beiden Beinen zu stehen, wo ich jetzt und hier war, und, o Wunder oder auch nicht, für einmal heimisch war. Wie rupfte ich jeden Morgen gleich nach dem Aufstehen mir den Schopf, mit der linken Faust, dann der rechten, riß und rüttelte, stark und stärker, nah an einem Gewaltakt gegen mich selber – von außen gesehen vielleicht einer, der dabei war, sich selber den Schädel abzureißen –, und spürte das doch als eine Wohltat, die von oben nach unten allmählich bis in die Schenkel, die Knie, die kleinste Zehe den ganzen Körper, und nicht allein den, erfüllte, still durchpaukte, tonlos durchtrommelte mit von Stunde zu Stunde neu bedrohter Ortsfestigkeit.

Zu dieser Merkwürdigkeit – alle paar Jahre eine andere, die mir aber die Augen aufgehen ließ – paßte, daß mir von einem Tag zum andern, da und dort eins der sonst während der zwei Wochen der Osterferien verwaisten Häuser bewohnt erschien. Als sei das eine örtliche Regel oder sogar ein Ortsgesetz, fand ich mich jeweils nach dem Vorbeigehen an einem Dutzend verschlossener Rolläden und dergleichen vor einem Haus, wo zumindest eins, wo nicht alle der Fenster, insbesondere die im Parterre, den Einblick ins Innere, in die Wohn- und Eßzimmer ließen. Indem zusätzlich die Vorhänge weggezogen waren, wie vorsätzlich, hatte das, auch ohne gedeckte Tische, etwas Gastliches, ja Einladendes: »Bitte, einzutreten, wer auch immer!« Dabei zeigten sich diese Räume ein jedesmal menschenleer. Und ebendiese Menschenleere verlockte, näherzutreten, und machte Appetit, einen umfassenden. Undenkbar, daß irgendwo in der lichten Weite solch eines Hauses da jemand, Herr oder Frau Eigentümer, oder das ganze Paar, die vollzählige Sippe aus einem versteckten Winkel drinnen einen ausspähte, ob als Lebendgestalt oder auf einem Bildschirm. Ich fühlte mich ein jedesmal zwar gesehen, aber mit Blicken des Wohlwollens und des Entgegenkommens. Diese Häuser waren nur im Moment menschenleer; ein Augenblick, und ich würde willkommen geheißen, aus einer ganz unvermuteten Richtung, ob französisch, deutsch, arabisch (alles, nur kein »welcome!«). Und dazu die Stimmen von Kindern wie von hoch aus Baumkronen.

Und einmal, am zweiten oder dritten – und vorläufig letzten – Morgen meiner Rück- und Heimkehr, rauchte dann vor einem solchen unbevölkerten Gast-Haus in dem winzigen Vorgarten, wo die Gräser als Gräser wuchsen, statt einen Rasen, oder sonstwas, darzustellen, ein wie gerade aus Eisenstangen improvisierter und so gleichsam altertümlicher Barbecue-Rost, zweierlei Rauch aus zwei eng benachbarten Feuerstellen, wobei die Rauchfahne zur einen Hand klassisch senkrecht und gleichmäßig hell himmelwärts strebte, indes die zur andern Hand ebenso klassisch weg zur Erde gedrückt wurde, ein dunkler rußiger Qualm, wenn auch nur anfangs, im Wegstieben von der Feuerstelle: denn danach, auf quirligen bodennahen Umwegen, fand ebenso dieser zweite Rauch, im Widerspruch zur vorsintflutlichen Brudermordstory, himmelauf in die Senkrechte, das schwärzlich hin und her puffende Gequalme ging über in hellweiße Federwölkchen, zu verwechseln (fast) mit jenen halb durchsichtigen aus dem Zwillingsrost, erstaunlicher noch, eine wahre Weltneuigkeit: die zweierlei Rauchsäulen trafen oben, kurz vor dem beiderseitigen Ganzdurchsichtigwerden und im Luftraum Verschwinden, sogar noch, für Augenblick um Augenblick, zusammen; verknüpften sich miteinander; verflochten sich ineinander, und das in einem fort, und immer wieder neu, in dem Maße, wie unten vom Rost die eine und die andere Rauchrakete aufstieg.

Und siehe da: Wer jetzt aus dem scheinbar leeren Haus trat und mich in den Garten zum Schmaus lud, das war, gefolgt wie eh und je ein paar Schritte dahinter von ihrem Mann, die ehemalige Briefträgerin, *la factrice*, welche seit einigen Monaten, gleich ihrem Mann, auch er ein Briefträger, *facteur*, der, schon seit Jahren, pensioniert (worden) war. Immer noch bewahre ich den Zettel auf, wo sie, »votre factrice Agnès«, uns, der Bevölkerung der

Gegend, mitteilt, daß sie, immer mit dem Rad unterwegs, »am 10. Juli 20.. ihre letzte Runde, *tournée,* drehen wird«, und als ich das Papierstück einmal verloren glaubte, war das mir, der doch so vieles im Leben ohne Bedauern verloren hat, fast ein Jammer – ein Lichtblick, dann unter all dem Zettelwerk, ohne Suche, gerade auf den einen Zettel da, wie er nun vor mir auf dem Tisch liegt, zu stoßen. Wir haben wieder bis lang in den Nachmittag zu dritt im Garten gesessen, und die beiden einstigen Briefträger erzählten, wie sie, der Mann aus den Ardennen im französischen Nordosten, die Frau aus dem gebirgigen Teil Südwestfrankreichs, von der Zentralpostbehörde in die Gegend von Paris und die Ile-de-France geheuert worden waren, als die ungelernten Leute vom Land, welche aber, robuster als die Metropolitaner, gerade die richtigen für das Postausfahren mit Rädern – damals, versteht sich, noch ohne Motoren – wären für die ungezählten Steigungen im großen Umkreis Paris, die geeigneten Pedaltreter für die regionspezifischen Ile-de-France-Passagen, in der Radfahrersprache, auch bei der Tour de France, *faux plats* geheißen, »falsche Ebenen«, kaum sichtbare, dafür auf dem Rad umso spürbarere, nicht endenwollende Steilstellen.

Obwohl es noch eine Zeit hin bis zum Sommer war, ist mir dieser eine Tag, sind mir überhaupt alle die drei Tage im Gedächtnis als die längsten des ganzen Jahres: als werde die Nacht jeweils hinausgezögert über die natürliche Tag-Nacht-Grenze; als gehe die Sonne, »wie durch ein Wunder«, eigens nicht unter, jedenfalls bis zu meinem Mitdabeisein in der folgenden Ortsepisode, und noch so einer, und noch einer. Und selbst die Nächte kamen ohne die Empfindung eines Dunkelwerdens.

Wieder siehe!: Zwar waren die Rolläden an dem Eigenbauhaus des nun bald vor einem Jahrzehnt rasch hintereinander weggestorbenen Nachbarnpaares weiter, wie seit damals, heruntergelassen – die Farbe, gute Malerarbeit, noch nirgends abgeblättert –, aber durch den verstruppten Garten, wo da und dort, prächtiger als vordem, eine Rose am Aufblühen war, spannte sich eine Wäscheleine steckvoll ausschließlich mit Kindersachen, mehr oder weniger dunklen, früher hätte man gesagt, »ärmlichen«.

Und hör: An den Wegen der Hügelwälder das Knarren und Quietschen der Äste, sich aneinander reibend im Wind als Wiederholen der sich gastlich öffnenden Garten-, Haus- und Weinkellertüren der Gegend (die eine Feuerstelle war nicht die einzige geblieben).

Und da schau her: Die Lichtung, wo üblicherweise schon von weitem das Klicken der Hundertschaften von Boulekugeln herschallte, leer bis auf ein Auto am Rand, hinterm Lenkrad ein Mann mit still offenen Augen, unbeirrbar nichts als die Lichtung im Blick, die weite Schotterfläche mit den Spuren der Spielkreise, eigens dazu an dieser Stelle gehalten, gleich wie, so sagt man, manche Portugiesen aus dem Landesinnern an die Küste fahren, mit nichts im Sinn, als eine Zeitlang, ohne Aussteigen immer schön im Auto geblieben, den Ozean vor sich zu haben. Aber ist der Mensch da nicht in der Tat ein Portugiese, ein Maurer, anders als heute oft mit zementbestaubten Haaren, einer der Nebenmänner abends an der Bahnhofsbar?

Und so hör doch: das Rauschen jetzt tief unter der Seitenstraße: Das kann nicht die Kanalisation sein! – Aber was ist es? Woher kommt es? – Es kommt von dem Bach oder kleinen Fluß, der im Lauf der Jahrtausende unser ganzes, wenn auch nicht gar langes Hochtal gegraben hat, von seiner Quelle oben unweit vom jetzigen Schloß, von Versailles bis unten zu seiner Mündung in die Seine, in den Untergrund verlegt vor mehr als einem Jahrhundert. – So rauscht da in der Tiefe versteckt unser Marivel? – Ja, das ist er, das ist sein Name, und schau, die Biegung der Straße: wie sie den Lauf und die Biegung des Marivel genau nachzieht. Was für ein Rauschen. So rauscht keine Klosettspülung, keine Waschmaschinenschleuder, kein

Feuerwehrschlauch – so rauscht allein ein Bach. Und du wirst sein Wasser gleich sehen, es vor dir haben, bei Tageslicht, dich damit waschen, es trinken (na, trinken wohl besser nicht). – Wie das? – Schau dort, die Pumpe, die gußeiserne im verwachsenen Garten. Geh hin und pumpe! – Aber die Pumpe ist doch verrostet. – Weg der Rost und weitergepumpt. – Jetzt kommt was, eher Schlamm und Dreck, kackbraun. – Pump weiter, kleiner Pumper, pump weiter. – Ja, da schau her!

Jene Tage freier Zeit, sie waren dabei spürbar befristet, und am deutlichsten bekam ich das zu spüren beim Blick von der Straße aus in die noch leeren Schulräume. Alle die großen Fenster waren schon geputzt, Böden und Tische gewaschen-gewischt. Doch hatte solch Bild der Befristung, ähnlich all den anderen örtlichen Zeitgrenzenbildern, nichts Eintrübendes. Auf den Fensterbänken und sonstwo stapelten und schichteten sich, nicht eigens neu dort angeordnet, vielmehr wie seit altersher an ihrem Platz, die Bücher, die Atlanten und die sonstigen »Lehrmittel«, aus einem Winkel hinter der Tafel schimmerte ein Globus, und das alles, samt der Reinheit der Fensterscheiben und der Wohlgeordnetheit im hellen erwartungsstillen Klasseninnern ging auf mich draußen über, als eine Art Lernfreude, die nichts zu tun hatte mit mir persönlich, oder wenn, mit einem, der ich, lang lang war das her, einmal gewesen war – auch in Wirklichkeit? – Wirklichkeit?

Schöne Befristung, welche zugleich, von Ortsbild zu Ortsbild, gerade bei dessen Leere oder gar Verschlossenheit, die Vorstellung weckte: da und dort, und dort, und dort steht eine Wiedereröffnung bevor, eine undefinierbare zum Glück, jedenfalls eine, dank welcher frische Luft würde wehen.

Seit inzwischen unvordenklich langem war das Hotel, samt Bar, »des Voyageurs«, der Reisenden, schräg gegenüber dem Bahnhof, weder Hotel noch Bar mehr. Die dritte und oberste Etage war umgebaut in Ein-Zimmer-Apartments, deren Bewohner man höchstens als ferne Silhouetten zu Gesicht bekam. Umso sichtbarer die paar in den unteren Stockwerken übriggebliebenen Insassen, keine Hotelgäste, sondern schon seinerzeit von Staats wegen in den Hinterzimmern untergebrachte Gestrandete. Ehedem, in dem Hotel, waren sie da leicht in der Mehrheit gewesen. Danach jedoch gab es keine Neuzugänge, und von den Alteingesessenen, welchen die Behörde weiterhin Unterkunft gewährte, zusätzlich mit mehr oder weniger Betreuung, starben die meisten in den folgenden zwei Jahrzehnten, in der Regel in einem der früheren Hotelzimmer, hinter einem der glaslosen, mit Pappendeckeln oder Faserbrettern ausstaffierten Fenster, unbemerkt von der Umwelt – noch nie habe ich einen Sargträger (mehr als einen hätte es wohl gar nicht gebraucht) aus der Seitentür (es gab nur am »Voyageurs« noch eine solche) treten sehen. Und die einzigen Begräbnisgäste waren dann, wenn überhaupt, die überlebenden Zimmer- und Verschlagsnachbarn. Es kam, selten, vor, daß der Verstorbene Angehörige hatte, Frau, Bruder, ein Kind, und diese wurden verständigt. Aber nie habe sich auch bloß einer der Familie auf dem Friedhof gezeigt. Als sei das bei solchen Toten etwas Übliches, habe die ehemalige Gattin, habe der Sohn, habe einmal auch die Mutter vor dem Boten auf die Nachricht hin eben gerade die Brauen stumm in die Höhe gezogen oder, am Telefon, ebenso wortlos, den Hörer aufgelegt.

Das Häuflein der drei oder vier Letzten, statt sich in die Zimmer zu verkriechen, lagerte, ob auf Verabredung oder auch nicht, von morgens bis abends bei fast jedem Wetter auf den Stufen vor der Glastür, der mit Ketten und wer weiß was noch verschlossenen, zur einstigen »Bar der Reisenden«. Bis vor kurzem hätten sie in der Tat so etwas wie ein Häuflein dargestellt, der eine auf Krücken sich Stufe für Stufe emporhangelnd, der andere seinen einzigen Zahn, einen dafür riesigen, in einem fort bleckend hinauf in eine der Platanenkronen, der dritte, ob absichtlich oder weil er nicht mehr anders konnte, tagaus, tagein genau auf dem Platz unter dem Ast, von dem die Vögel, die kleinsten wie die größten, bis in die späte Nacht ihren Kot herabspritzten: ja doch, es war dem da ein Bedürfnis, auf der bewußten Stufe zu hocken, ohne Bewegung; es tat ihm gut, wieder und wieder einen solchen oder solchen Vogeldreck auf Kopf, Hände, Knie zu spüren; es war ein Triumph, im voraus erahnt oder erraten zu haben, daß demnächst von oben ein besonderer Segen käme, und die Stirn im richtigen Moment an die exakt richtige Stelle bewegt zu haben. Und die vier, oder bald nur noch eben die drei, genügten sich untereinander. Keiner hatte Augen für uns Passanten auf dem Bahnhofsplatz. Jedesmal wenn ich, der mit der Zeit mehr und mehr, so oder so, Grußbedürftige, sie dort auf den bröckelnden Barstufen zu grüßen versuchte: Antwort keine; »null Reaktion«. Recht: so übersehen zu werden, wiegte mich für das Kommende in Sicherheit.

Im Verlauf der Tage nach meiner Rückkehr freilich die Verwandlung. Die konnte nicht, oder nicht bloß allein, von dem nachösterlichen Blauen und Grünen kommen. Denn täglich wieder regnete, stürmte, hagelte es (mit Schloßen, die das letzte heile Halbfenster des alten Hotels der Reisenden zerschlugen), und es wurde in den

Nächten auch bitterkalt. Als ich am Morgen auf dem Weg zur Bäckerei und zu den, siehe Ferien, an Zahl wie an Angebot geschrumpften Marktständen an der Bar vorbeiging, kam mir die Halluzination oder Illusion, das Lokal sei geöffnet. Und im nächsten Moment fand ich mich zwischen den verbliebenen paar Ureinwohnern der Herberge auf einer der wie eigens für mich freigehaltenen Stufen sitzen, weder der untersten noch der obersten. Sie hatten mich mit unverständlichen Lauten – aber unnötig, die zu verstehen –, dafür weit ausholenden Gesten eingeladen, und zugleich hatte ich mich von selber zu ihnen gesellt. Eine Weinflasche, die ihnen allen gemeinsame, wurde mir – nein, nicht unter die Nase gesteckt, sondern vorgehalten, und, einmal ohne mein ewiges Zögern, schon trank ich. Der Wein, es blieb bei einem Schluck, trank sich wie vielleicht gleichwelcher Wein am Morgen. Doch was mir bis zum heutigen Tag geblieben ist, das ist der Nachgeschmack des Zigarettenrauchs, den ich aus dem Flaschenhals mitschluckte. Nicht zu vergleichen mit der *madeleine* aus der Verlorenen und Wiedergewonnenen Zeit des Monsieur Marcel Proust, und trotzdem ein Ding, ja, Ding von Dauer, dessen ich froh war, und bin. War da nicht einmal ein Lied, in dem jemand, wer nur, sang: »Life is very strange, and there is no time«? – Falsch: »Life is very short«, sang John Lennon. – Aber hier soll ein »strange« stehen.

Ich bin noch eine Zeitlang mit dem Häuflein oder Fähnlein auf den Stufen zur wie gehabt verschlossenen Voyageurs-Bar gehockt, wieder, wie gehabt, bewirtet, ohne daß mich einer der drei in den Kreis einbezog – denn einen solchen, oder eine Runde, bildeten sie. Es war an dem Tag, außer mir, noch jemand mit ihnen, eine Frau. Ich kannte sie, sie kam von der für die Gegend zuständigen Sozialbehörde oder so, und sollte wohl von Fall zu Fall in der Halbruine nach dem Rechten sehen, oder so.

An diesem Morgen erschien aber auch die Dame verwandelt. Sie stand heute nicht, die große scharf rechteckige Handtasche überm Arm, als Aufsichtsorgan vor den von ihr zu Kontrollierenden, sondern saß, in der Haltung mit den anderen zu verwechseln, mitten unter ihnen, rückte mir nichts, dir nichts zur Seite, um dem Neuankömmling Platz zu machen, und wie die anderen rauchte sie, zog gerade dem hinter ihr Sitzenden, blindlings zurückgreifend, als sei sie das seit jeher gewöhnt, eine Zigarette aus der Schachtel. Sie war jetzt unter diesen windschiefen Gestalten (nicht bloß am Wind lag das) heimisch, so heimisch wie schon sehr sehr lange nicht, ja wie noch nie. Nichts als Unwirklichkeiten in ihrem ganzen Leben vorher, Unwirklichkeit, gefolgt von Unwirklichkeit. Klar: auch das hier war es nicht, war es noch nicht. Es war aber andrerseits keine bloße eintagsflüchtige Stimmung, ob hervorgerufen durch die in der Nachosternferienzeit sich noch und noch öffnenden und bis hin zu den letzten Fernen und Fluchtpunkten erweiternden Zwischenräume, oder durch wer weiß sonstwas. Sie, ohnehin kurz vor der Pensionierung, würde das Büro Büro sein lassen, ab morgen schon – ab heute! Und dann? Kein Gedanke an ein Dann. Jetzt ist jetzt, und nirgends mehr gehetzt! Gar keine Gesellschaft, oder solch eine wie die jetzige, ergab doch auch eine Gesellschaft, und was für eine!, denn sie erlebte die ja gerade, »ich werde sie erlebt haben«, und wie! Und auf einmal, indem sie den Kopf zu uns im Kreis sie Umlagernden wendete, von einem zum nächsten, kamen der Noch-Amtsfrau die Tränen. Sie weinte still, ohne Geräusch, und wenn da ein Geräusch war, blieb das in den durchweg kleinen anderen ringsum, dem Ansaugen einer Zigarette, dem Gluckern in der Flasche, unter der Hörgrenze. Sie weinte wohl auch nur momentlang, ein Aufglänzen der Augen hinter der dicken Brille, das nicht nur ich bemerkt hatte: einer der übrigen Zecher auf den einstigen »Bar der Reisenden«-Stufen, nachdem er, umständlicher nicht möglich, es entfaltet hatte, reichte der Dame ein Brillenputztuch, ein sichtlich noch nie gebrauchtes, auch in seiner Übergröße zweckdienlicher als alle die heutzutage umlaufenden Putztücher, im gehörigen Zeitabstand außerdem zu dem Quellen der ein, zwei Tränen (wenn es denn welche gewesen waren).

Und wieder bin ich, der Zugeladene, lange dort sitzen geblieben, all die Stunden bis zum Mittagsläuten von der Ortskirche, welchem gegen zehn Uhr vormittags, einem der üblichen Termine für die Begräbnismessen, das zarte Anschlagen der Totenglocke vorausgegangen war, nichts als jeweils zwei Einzeltöne, hoch-tief, wiederholt in bemessenen, nichtendenwollenden Abständen. Täusche ich mich, wenn ich meinte, meine Mitsitzer hätten keine Ohren dafür? Aber sie hatten scheint's Ohren für überhaupt nichts, weder für das Rollen, dann Klirren – an der Schwelle der Eisenbrücke zum Bahnhof – der Vorortzüge noch, das schon gar nicht, für die immerzu in mehreren Sprachen wiederholten Lautsprecherdurchsagen, mit den Telefonnummern, sofort anzurufen bei verdächtigem Gepäck, überhaupt bei Verdacht, Gefühl von Gefahr und bestimmter oder unbestimmter Bedrohung.

Dabei kam mir jene Erzählung aus dem inzwischen längstvergangenen neunzehnten Jahrhundert in den Sinn, wo Sträflinge, verbannt auf eine Insel im äußersten Osten des Reichs, sooft sie dort aus der Ferne Musik zu Gehör bekommen, in der Vorstellung des Autors solcher Musik mit der Gewißheit lauschen, niemals mehr heimzukehren. Wie mir die Geschichte in den Sinn kam? Ich hatte bei den Gastgebern hier an dem ausgedienten Baraufgang, welche Ohren für nichts mehr hatten, zugleich aber lachten, von Stunde zu Stunde lauter, zuletzt schallend-scheppernd-ächzend, einstimmig, im Chor, die Vorstellung, sie alle drei, am Ende vier (eine Frauenstimme hatte sich dazugesellt), stimmten solch Gelächter an im Bewußtsein eines Nie-wieder-Heimkehrens. Nur gab denen die für allzeit verwehrte Heimkehr (wohin immer) Stoff zum Lachen; Herzensstoff. Die da verlachten die Heimkehr, oder bloß ein Zurückkehren, zwar in Unter- wie Obertönen, dazwischen auch kläglich, von Herzen; aus Herzensgrund. Mit denen war, so oder so, nichts mehr anzufangen. Und recht so? Auch eine Art Salz der Erde, ein besonderes, von Nutzen für das Hier und das Jetzt? Und recht auch, daß sie nicht in Kostümen steckten, weder roten noch grünen noch scheckigen noch sonstfarbenen?

Zeitlebens, zu einem, wie ich meinte, entscheidenden Aufbruch entschlossen, hatte ich vorher eine, wie ich wiederum meinte, dazugehörige, eine wesentliche Ablenkung gesucht, und zwar jedesmal in der Natur. Und so auch jetzt und hier.

Von jeder freien Stelle unserer Gegend ging der Blick auf die Hügel, welche um das Hochtal einen weiten, fast geschlossenen Kreis bilden. Der eine der Hügel, betrachtet durch das oberste Fenster meines Hauses, ragte empor als der höchste in dem Zug. Aber das schien bloß so, weil er von allen der nächstgelegene war. Tatsächlich hatten sämtliche der Hügelkuppen ringsum die gleiche Höhe, und es waren auch keine Hügel, vielmehr Vor- und Rückbuchtungen der linker- wie rechterhand das Tal säumenden Ile-de-France-Plateaus: Scheinhügel; und ebenso handelte es sich dort obenauf um falsche Kuppen, vorgetäuscht durch die verschieden großen, auch mehr oder weniger weitästigen Bäume als die jeweiligen Grenzlinien oder eher -filigrane zum Himmel. Was sich mir von dem gewissen Fenster aus als der Kronhügel zeigte, kam, von dem der Stelle so mächtig vorstoßenden, den Kulminationspunkt vortäuschenden Plateau abgesehen, überdies von der einen, einzeln stehenden Rieseneiche, während im Abstand zu dieser ungleich kleinwüchsigere Bäume den Horizont der scheinbar anderen Hügel darstellten, Birken, Ahorn, Wildkirschen, womöglich noch kleiner erscheinend, indem beidseits der Kroneiche auf dem Vorsprung des Plateaus dieses in einem Bogen zurückwich.

Daß solch dicht bewaldeter, zu den wie fernsten Horizonten ansteigender Hügelzug, und das fast in sämtliche

Himmelsrichtungen, nur ein vermeintlicher war, und dessen Gipfel ein falscher, ist mir erst im Lauf der Jahre bewußt geworden. Und trotzdem sah und erlebte ich diesen Umkreis der Hügel weiterhin als die, die sie mir am Anfang erschienen waren. Die Tatsachen konnten der Illusion nichts anhaben. Die Einbildung war dauerhaft, nahm mit der Zeit an Räumlichkeit, Stofflichkeit, Farbigkeit – an Rhythmik noch zu. Ob wirklich oder nicht: sie wirkte. Der höchste der Hügel, gerahmt vom Fensterkreuz zu seinen Füßen, blieb der höchste der Hügel, und der Name, der mir ursprünglich, unwillkürlich, im Spaß, für ihn gekommen war, blieb ihm über die Jahrzehnte, und inzwischen längst bei mir und in mich eingebürgert: »Der Ewige Hügel«, »Der Ewige Hügel von Vélizy«.

In den drei Tagen nach meiner Rückkehr setzte ich mich, geduscht, gekämmt und ordentlich gewandet, allmorgendlich an das obere Fenster. Weitgeöffnet die beiden Flügel – das alte Glas hätte sonst vielleicht den Anblick verzerrt –, und den Ewigen Hügel, ohne das Fensterkreuz als den Mittler, in Betracht genommen. Es war nicht eigens ein Betrachten, ein vorsätzliches oder willentliches. War's denn ein Beobachten? Bewahre, das schon gar nicht. Sooft im Leben ich vom Sehen und bloßen Zuschauen übergegangen bin zu etwas wie einer Beobachtung, habe ich, und das nicht allein in meinen Augen, etwas, für jemand wie mich wenigstens, Ungehöriges, ja Verbotenes getan. Und außerdem fehlt mir von Kindesbeinen an jeder wissenschaftliche Blick und wohl noch vollständiger jeder entsprechende Ehrgeiz. Nicht einmal das »Ich seh' etwas, was du nicht siehst!« ist meine Sache. Meine Sache, wenn es die überhaupt gibt: Etwas, ohne ein Zutun, gewahr zu werden, dessen freilich in meiner, siehe oben, Einbildung umfassend und ein für alle Mal, und mit dem Bild dann allsogleich und auf der Stelle wegzudriften in einen Wachtraum so wach, wie ich von nichts Wacherem sonst weiß.

In den Tagen vor meinem Aufbruch hin zur Rache hatte sich der Wald des Ewigen Hügels – Bilder beinah wie sonst in den Zeitraffern, Ruck um Ruck – begrünt, und am letzten Morgen zog und wellte sich, bei großer Sonne und Zephyr, das, von Baumart zu Baumart das Spiel wechselnde, unendlich vielfältige Grün, kein Haus, das den Blick ablenkte, himmelan zu dem einfältig reinen Blauen. Und nicht bloß leuchtete, schimmerte, glänzte, selbst graute! jedes der Grün anders, anders das der Weiden, Erlen und Pappeln am Hügelfuß, der Buchen und Eschen auf halber Höhe, der Birken, Eichen, Robinien, Vogelbeeren, Edelkastanien allüberall: Auch das Blattwerk der verschiedenen Sippen, da dicht, dort eher schütter, bewegte sich, wirbelte, drehte sich, hob und senkte sich von Baum zu Baum anders, wie hügelauf getragen von den Wellen und Wogen der Schattenbahnen im frischen Laub.

»Da ist es!« dachte ich im stillen. »Da spielt es. Da geschieht es.« Und schon das Stocken: »Geschieht *was*?« – »Es.« Und zugleich sah ich, der Hügel flugs aus dem Blick, bei geschlossenen Augen, was mir, und nicht erst in den vergangenen Tagen, und stärker noch Nächten, so himmelschreiend gefehlt hatte, als etwas, allein mir? auf ewig Entschwundenes und Verlorenes. »Wie das: etwas sehen, was fehlt?« – »Ja! Und dazu noch kein Ding, sondern ein Wort!« – »Womöglich die Ewige Wiederkehr?« – »Nein! Was ich sah, als Wort wie als Sache, war die Fortsetzung.« – »Die Ewige?« – »Nichts als die Fortsetzung. Auf zur Fortsetzung!«

Ich bin an dem offenen Fenster sitzen geblieben, lange, wiederum sehr lange, bis weit in den Vormittag. Ich rührte keinen Finger. Jeder einzelne Baumwipfel auf der Hügelflanke zeigte sich als eine Mühle. Die Mühlen, sie mahlten und mahlten. Was machten die – gar die Fortsetzung? Doch: die Fortsetzung. Und wie dort von Laub zu Laub dies verschiedene Grün herrschte, so mahlte, drehte, zirkelte, kreiselte es von Blattwerk zu Blattwerk deutlichst unterschieden. »Jeder Vogel fliegt anders«?

Ja, und so senkte, schwankte und rankte, hob und stob es grundanders auch von einem der Mühlbäume zum nächsten.

Es wurde wärmer, und im Mittelgrund zwischen offenem Fenster und Ewigem Hügel wirbelte erstmals im Jahr jenes kleinwinzige Schmetterlingspaar, welches bei mir, indem es im Umeinanderflitzen luftauf und -ab jeweils drei, wenn nicht vier zu werden scheint und mich so an das balkanesische Hütchenspiel erinnert, »Balkanfalter« heißt. In seinem Paartanz – oder was es war – bewegte sich das Paar stetig auf mich zu, in immer engeren frenetischeren Spiralen zu sich steigernder Raserei – oder was das war –, und zuletzt, nur eine Handbreit vor Augen, in einer solchen Geschwindigkeit, daß die hellen Kreise auf den Flügeln aufleuchteten, in einem Lichtblitz, wobei zugleich, wie in einem Umspringbild, für den einen Gipfelmoment der Fluggeschwindigkeit, das Kreisemuster zum Stillstand gekommen schien, ohne Bewegung, oder jenseits jeder Bewegung. Und eine namenlose Freude packte mich, am Nichtstun jetzt, und am weiteren Lassen und Nichtstun, weiter so nichts tun und lassen, und so weiter, und so fort.

In der Folge flogen mich taglang – welche Wissenschaft wird mir sagen, wie das kam, und warum? – die Bilder und die Namen von Orten, Städten und, vor allem, Dörfern an, in denen ich im Laufe meines Lebens gewesen war. Es handelte sich dabei keinmal um ein Erinnerungsbild. Denn es gab von jenen Orten rein gar nichts zu erinnern. Ich hatte dort erlebt. Weder waren mir über etwas, auch nur das kleinste Ding, die Augen aufgegangen, noch war mir etwas zugestoßen, und sei es eine Schwingtür, mir von hinten an die Fersen schlagend. Was mich so immerzu stupste, waren mehr die Namen der Orte, und erst im Anhang der Namen dämmerten vage Bilder, geprägt höchstens von Steigungen und Senkungen, einer Straße, eines Feldwegs, oder ausnahmsweise von einem Steg, geländerlos, über einen Bach, einer löchrigen Tafel für Pfeilspiele in einem Wirtshauswinkel. Ja, oft hatten die Namen jener Orte, in der Regel mehrsilbige, für sich stärkere Bildkraft und Kontur als die nebulösen Bildhöfe oder -beigaben im Anhängselbereich. »Circle City, Alaska«, »Mionica«, »Archea Nemea«, »Navalmoral de la Mata«, »Brazzano di Cormòns«, »Pitlochry«, »Gornji Milanovac«, »Hudi Log« (übersetzt »Bösenort«), »Locmariaquer«: rein gar nichts war mir dort passiert, weder Gutes noch Böses, keine Liebe, keine Angst, keine Gefahr, kein Gedanke, keine Erkenntnis, geschweige denn ein Zusammenhang oder, Gott im Himmel oder wo, eine Vision. Ich hatte die Orte nur gestreift, war zufällig durchgekommen, und wenn vielleicht über

Nacht geblieben, aus Ratlosigkeit (oder doch mit Bedacht, indem der Ort mir in meiner Ratlosigkeit entsprach?).

Und siehe!, an dem einen Tag, dem letzten vor meinem unvorhergesehenen Aufbruch, wußte ich von den stillen Schwärmen der Ortsnamensbilder aus dem ganzen von mir durchfahrenen, ergangenen und durchstolperten Erdkreis als Existenzbeweisen, wenn nicht Gnadenbeweisen. Du und deinesgleichen, ihr habt existiert, und werdet, wenigstens heute und morgen, fortexistieren. So von Bildern und Namen angeflogen zu werden war etwas wie eine Genugtuung, auch und ebenso von »Fischamend«, »Rum bei Innsbruck«, »Gernsbach im Schwarzwald«, »Windisch-Minihof«, »Mürzzuschlag«.

Noch vor dem Ende desselben Tages war es dann damit vorbei. Wie an jedem Abend der fraglichen Woche ging ich gegen (den inzwischen späten) Sonnenuntergang, nach erfolgreich verbrachtem Weiterhin-nichts-Tun, in die »Bar der drei Bahnhöfe«. Der Wirt, das war sein gewohntes Spiel, öffnete mir die Innenseite seines neuen Anzugs, wo, in verdächtiger Großschrift, ARMANI zu lesen war, worauf ich, mitspielend »Solide!« sagte, und er wiederum: »Wie ich! Comme moi!«

Eine Stunde geschah nichts als das Übliche. Ob vor oder hinter der Theke schauten wir, fast ohne zu reden, höchstens mit ein paar Ausrufen, dem allabendlichen Fußballspiel im Barfernseher zu, meist englische oder spanische Liga, es sei denn, es spielte Marseille, die Mannschaft der Stadt, in welcher der Wirt, als Fünfzehnjähriger, vaterlos, Analphabet und ohne Beruf, vor einem halben Jahrhundert mit dem Schiff aus dem nordafrikanischen Atlas in Europa angekommen, alsbald, auch, sagte er, dank der vielen anfänglichen Nächte im Freien, Fuß gefaßt hatte.

Es stand das Wochenende bevor, und die »Bar der drei Bahnhöfe« (»zwei« von dem Bushalt, und »drei« von der Regionalstation »einige Bogenschußlängen entfernt«) war feierabendlich bevölkert, zumindest verglichen mit dem eher leeren und in der Folge immer leereren Platz zwischen der Bar und dem eigentlichen, dem »unsrigen« Vorortbahnhof. Der Eindruck eines vollen Lokals kam wohl daher, daß die Gäste fast allesamt standen, wenn nicht an der Theke, so ein paar Schritte weg, nah am Fernseher. Sitzen sah man jeweils, wie auch an diesem Abend, ein einzelnes Paar, hinten in der Ecke, ein gleichsam heimliches, wie eigens weggerückt auch vom Fenster.

Jeder von uns stand oder hockte erst einmal einzeln, im Abstand zum andern, deutlich von ihm unterschieden, und nicht bloß, was Aufzug, Hautfarbe und sonstwas betraf. Selten, beinah befremdliche Ausnahme, eine Gruppe, eine freilich kleine, zwei oder höchstens drei, ein Arbeitertrüppchen am Freitagabend, wie auch jetzt, Ausländer, Polen, Portugiesen oder sonstwelche. Gemeinsam war uns allen aber zumindest eins, nämlich das, was unsere Sache, oder wie das nennen, nicht war, nie und nimmer: eine Ferienreise – siehe den entvölkerten Vorplatz –; in den paar freien Wochen entweder heim ins Dorf, oder hier an Ort und Stelle verbracht, aber um keinen Preis an gleichwelches Urlaubsreiseziel. Nie und nimmer? Wer weiß.

Ich kannte beinah sämtliche der Feierabendgäste, und einige nicht bloß vom Sehen. An dem Platz, der inzwischen sein Stammplatz geworden war, stand der ehemalige Wirt des anderen, aufgelassenen Bahnhofscafés – Jahr um Jahr die stärker verrottenden Rolläden – als einer von den Gästen, der stillste, dabei mitteilsamste und offenherzigste von allen, und zugleich wie inkognito, jemand, der nicht der war, als welcher er sich da gab. Manchmal, wenn ich tagsüber an seiner einstigen Wirkungsstätte vorbeiging, klopfte ich auf die eisernen Läden, einen schnellen Takt, daß es nur so schallte, eine

Silbe, und noch eine, und wieder eine, in der Vorstellung, das Grüßen werde in dem spürbar leeren, ausgeräumten Innern auf irgendwelche Weise erwidert.

Ohne daß es die Regel war, ergaben sich, wie dann, nach dem Ende des Fußballmatches, auch schon während der Halbzeit, die Feierabendgespräche. Adam, der portugiesische Maurer, Elektriker, Dachdecker, Zimmermann, Heizungstechniker u. v. a. m., war in der vergangenen Woche erstmals seit wer weiß wann einer Frau begegnet, sechs Tage war das her, und er zählte mir die sechs an den Fingern ab, wieder und wieder. Und wie Adam dabei strahlte, ein Strahlen, das nicht allein von den feierabendlich gewaschenen Haaren und der Glattrasur ausging. Zweimal war er schon bei ihr zuhause gewesen. Zwar hatte er sie einmal zum Nachtmahl eingeladen, aber danach war das Geld für seine Rückfahrkarten, Bus, Tram und Zug, von ihr gekommen, elf neunzig, teurer als ihr Menü. »Und heute hat sie mich schon vierzehn Mal angerufen! Zum ersten Mal eine Frau, die kein Geld von mir will, und dazu eine aus Brasilien!«

Der Manager, oder was er war, aus einer der oberen Etagen der Finanzhochhäuser von La Défense, der jedenfalls – so hatte er es spüren lassen – Bestverdienende von allen, auch der, im Gegensatz zu uns Narren, »Eingeweihte«, erzählte, unvermittelt und ungefragt, er versuche gerade, die hohen Sphären zu verlassen. Nur lasse »man« ihn nicht gehen, »noch nicht«. Seine »Kompetenz« sei eine einmalige und besondere, und die werde noch gebraucht. Und doch fühle er sich den andern oben unterlegen, »unter dem Niveau« derer, die nichts im Sinn hätten, als zu siegen und zu töten, ja, »ich bin nicht auf ihrer Höhe! Ich will woandershin. Wohin? Weiß nicht. Wenn ich's nur wüßte. Eins aber weiß ich und wußte es schon seit jeher: Ich möchte ein Ritterliches Leben führen, *une vie chevaleresque,* und ein solches lassen die dort hinter den Hügeln nicht zu, sie kennen es gar nicht, haben von einer *vie chevaleresque* nicht die leiseste Ahnung. Sich befreien – bloß wie? Los von den Killern in den obersten Etagen zum Rittertum – bloß wie?«

Nach meiner Angewohnheit wechselte ich immer wieder den Blick von dem Geschehen innen zu jenem draußen, so weit weg wie möglich, dabei weniger himmel- als erdbodenwärts. Den fernsten Anblick gab der Kinderspielbezirk, in der Verlängerung des Bahnhofsplatzes westwärts, an dem bewußten Abend im Wortsinn Richtung Sonnenuntergang. Aber noch geraume Zeit, nachdem die Sonne verschwunden war, schaukelten da zwei Kinder, und wie angesichts der Falter am Morgen erschienen auch die zwei dort zwischendurch als drei, so schnell wurde geschaukelt in einer Art Wettstreit, je blasser und düsterer dann der Horizont, desto höher und heftiger. »Die fernschaukelnden Kinder«, kam mir in den Sinn, und dazu: »Homer«, aber weder das Kriegsepos der »Ilias« noch die Irrfahrten des Odysseus, nicht einmal dessen endliche Heimkehr zu den Seinen, vielmehr ein drittes homerisches Epos, eins, das es nie gegeben hatte und niemals geben würde. Oder doch – wenn auch keins in Gesängen? Und schau jetzt: einmal das eine Fernschaukelnde oben, dann das andere. Und je näher die Dunkelheit, desto höher schaukelten die Kinder.

Es war dann längst Nacht, und ich fand mich in der sich allmählich leerenden »Bar der drei Bahnhöfe« wie nicht selten an den Wochenenden neben Emmanuel, dem Karosseriemaler, der mir von Zeit zu Zeit auf mein Handtelefon ein Gedicht zukommen ließ, das er gerade verfaßt hatte, in der Regel ums Morgengrauen herum, bevor er sich aufmachte zu seiner Werkstatt in einer der Neustädte ein Dutzend Bahnstationen weiter.

»Manu« war der im Feierabendlokal, welcher – wenn nicht am meisten, so am ernsthaftesten von sich erzählte. Ob mir allein, wie jetzt unter vier Augen, gefragt oder ungefragt: ich kann es nicht sagen. Jedenfalls konnte ich wiederum einiges von ihm erzählen, was darüber hinausging, daß er, wenn überhaupt ein Hemd, nur Hemden anhatte, die nicht gebügelt zu werden brauchten.

Heute erfuhr ich, was für eine Bewandtnis es hatte mit dem scheinbaren Brand- oder wie unauslöschlichen kleinen Tuschfleck auf seinem Unterarm: Es handelte sich um eine Tätowierung, seine einzige. Und die hatte er vor mehr als vier Jahrzehnten als Heranwachsender sich selber eingeätzt, als Vorbild »une pâquerette« (von ›pâques‹, Ostern?), ein Gänseblümchen, ein Tausendschönchen. Und der Grund solcher Eigenhandtätowierung? Er hatte sich, mit dem Ende der Kindheit, ausgeschlossen gesehen von allen den Gleichaltrigen, und mit der Familie, Vater, Mutter, Geschwister war er schon seit je über Kreuz gewesen. Mit der Tätowierung wollte er ein sichtbares Zeichen setzen: Ich gehöre dazu! – Ein Zeichen wem? Den anderen Jungen? – Die haben das – kein Wunder, schon damals war die *pâquerette* als solche unkenntlich, wie auch die Tätowierung als solche – gar nicht bemerkt. Das Zeichen »Ich gehöre dazu« war bestimmt für mich selber. – Und hat's gewirkt? Sahst du dich ab da als einer wie alle? – Mais oui, ja doch!

Nach seiner Soldatenzeit in Übersee, im Dschungel von Guyana, hier in seine Geburts- und Kindheitsgegend zurückgekehrt, und hier auch beständig arbeitend, war Emmanuel kaum mehr über die Grenzen des Departements hinausgekommen. In den vergangenen Jahrzehnten war er keinmal im nahen Paris unten hinter den Hügeln gewesen, und schon gar nicht am Meer. Heirat? Keine. Kinder? »néant«. Frauen? Er verehrte die, und wenn er von einer sprach, immer nur in Andeutungen, dann nur gut. Im übrigen war offenbar des längeren schon keine mehr »mit ihm gegangen«, denn was er mir jetzt von der letzten Begegnung erzählte, hörte sich an wie aus einem keuschen Lied: kindlich verzückt deutete er mir die Stelle auf seiner freitagnächtlich glanzrasierten Wange an, wo »sie« ihm ihren Kuß hingehaucht hatte, und auch dieses Ereignis war inzwischen mehrere Monate her.

Ein Kindlicher, auch Bübischer: solch einer war er. Und zugleich hatte ich die Vorstellung, und nicht erst in der fraglichen Nacht, eine Vorstellung, die mir von keinem in unserer Gegend je gekommen war: Dieser Emmanuel würde einmal, sogar bald, jemanden töten. (Aber gab es da nicht noch einen anderen, einen dritten Mörder oder Totschläger? Davon, vielleicht, später ...) Und ich hatte für solches »Gesicht« keine Erklärung, und schon gar nicht die, daß in den Kriminalfilmen, zumindest den alten, die Mörder oft, wie das auch bei meinem Freund der Fall war, nach oben gerückte Pupillen hatten, vorherrschend das Weiße in den Augen.

Ich hatte schon einmal damit angefangen, und da hatte er mich nur ausgelacht. Aber seine erste Reaktion auf meinen, mehr gespielten, Anwurf war ein wenn auch kaum wahrnehmbarer Ruck, ein jähes Von-etwas-Weg-rücken gewesen. Und jetzt, neben ihm in der Bar, im Abstand zu den andern, auch zum Wirt – obwohl der die Ohren sonst überall hatte –, fragte ich ihn: »Hast du schon jemanden getötet?«

Ich wußte selber nicht, wie ich, und das urplötzlich, meinerseits mit einem Ruck, auf diese Frage gekommen war. Ich hatte keinen Hintergedanken, noch keinen. Aber das jetzt war auch keine Scherzfrage mehr. Es war mir ernst, »Endlich wird es wieder ernst!« sagte etwas in mir. »Ade liebes Nichtstun.«

»Ja, einmal«, antwortete er, »in Guyana, zwar nicht aus Absicht, aber das macht mir heute noch Weh, eine Schlange. Die war das Geschenk einer Frau, an meinem letzten Tag damals beim Militär, eine Urwaldschlange, eine zahme, harmlose, ein schönes Tier, mit einem Baumrindenmuster. Die Frau hatte ihr, in der Transportschachtel, eigens für mich ein Band um den Hals gelegt, an dem ich die Schlange, zuhause in Frankreich, spazierenführen sollte. Noch in derselben Nacht habe ich, ohne es zu wollen, und das immer wieder, ich weiß nicht mehr warum, vielleicht im Spiel, im Dunkeln an dem Band gezogen, und am nächsten Morgen fand ich meine liebe Schlange erdrosselt. Meine ewige Schuld!«

»Und ich habe damals in Oran eine Schwalbe ermordet«, mischte der Wirt sich ein, der gerade am anderen Ende der Theke den Boden kehrte. »Freilich bin ich nicht sicher. Die Schwalbe saß mit mehreren ziemlich weit weg auf einem Draht, und ich stand am Fenster meiner Mutter und zielte mit meiner Kindersteinschleuder auf sie, oder eher bloß so auf den Draht? Und einmal, ohne mein Zutun, ist das Steinchen fortgeschnellt, und wo die eine Schwalbe gesessen hatte: eine Lücke! Gott, bin ich erschrocken, und von allen den Ohrfeigen meiner Mutter war das dann die einzige, bei der ich keinen Mucks getan habe.« (*Beide der Geschichten hier ins Deutsche übersetzt.*)

Bei dem, was ich Emmanuel weiterfragte, wurde ich leiser und leiser, und das nicht etwa, um dem Gehör Dschilalis, des »Erhabenen« oder »Mächtigen«, zu entgehen. Leise redete ich zwar, aber umso deutlicher, Silbe um Silbe: »Würdest du für mich jemanden töten?« Er schüttelte nicht einmal den Kopf, lachte mich nur kurz an und zugleich aus: Wenn das weiter ein Spaß war, so kein guter. Und er wandte sich von mir ab. Und ich darauf: »Und wenn ich dich dafür bezahle? Zehntausend? Fünfzehn?« Darauf mein Freund Karosseriemaler, das Gesicht über die Schulter zu mir zurückdrehend: »Was hat die Person dir denn angetan, daß du sie tot willst?« Darauf ich: »Nicht mir hat sie was angetan, oder auch mir, vordringlich mir, aber daran bin ich gewöhnt, es ist mir sogar dann und wann recht, tut gut: angetan hat die Person etwas, und mehr als nur Unrecht, meiner seligen, meiner heiligen Mutter!«

Ernst, und von Wort zu Wort ernster wurde es jetzt, indem in dieser Nacht etwas, das ich alle die Jahre nur stumm für mich gedacht hatte (wenn nicht ständig, so doch in regelmäßigen Abständen), mit einem Mal aussprach und so dann gleich weiter: »Wer meine Mutter beleidigt hat, und dazu in Worten, womit ihr alle Ehre abgesprochen wurde, muß aus der Welt geschafft werden. Höchste Zeit – wenn nicht heute nacht, so morgen und spätestens übermorgen!«

Der Wirt von weitem, beim Gläsertrocknen, mit der Stimme eines Stadionsprechers: »Matâ! Töten! Mit dem Schwert. Mah al-saif. Kopf ab!« Er brauchte erst gar nicht nach der speziellen Beleidigung zu fragen; die Beleidigung einer Mutter verdiente in seinen Augen für sich den Tod. Ebenso fragte Emmanuel nicht weiter danach, und obwohl er mit seiner Mutter und überhaupt mit Müttern nichts im Sinn hatte, schien jetzt sein Blick über die Schulter mich, oder wenigstens meine Laune – doch es war keine Laune – zu verstehen. Sagte er dann nicht: »Du mußt es selber tun«, freilich wieder mit dem Unterton des Gesellschaftsspiels, als welches unser Dia- oder Trialog angehoben hatte. »Du darfst dir für so was keinen Killer mieten.« Darauf wieder ich, als Ausruf jetzt: »Nein, ein Mietmörder muß es sein. Ich, als Sohn, soll und will nicht direkt der Vollstrecker sein an der Frau!« Darauf Gast und Wirt fast im Chor: »Um eine Frau geht es also.« Darauf eine Zeitlang Stillschweigen. Und plötzlich erbot sich ein Unbekannter, der unsichtbar zugehört hatte, die Kapitalverbrecherin zu töten, ohne Bezahlung, im Ernst. Wie ich da aber zurückschreckte und log: »Es war doch nur ein Spiel!«

Wir blieben noch bis vor Mitternacht in der Bar zusammen, und nicht nur wir drei, auch späte Gäste, so die drei Müllmänner nach ihrer Runde kreuz und quer durch das Hochtal, die wer weiß warum diesmal mich und die übrigen auf ein letztes – nein, nie »ein letztes« sagen – Glas einluden. Im Fernsehen lief stumm »Rio Grande« mit John Wayne, wobei einem entfuhr: »Was für einen schönen Gang der hatte!«, worauf vom Wirt sein »Wie ich, comme moi!« kam.

Den Heimweg nahm ich eigens durch den Bahnhof; der letzte Zug, nach Saint Quentin-en-Yvelines, über Versailles und St Cyr, stand noch aus. Ich kreuzte in der Unterführung und dann auch oben auf den Quais, auf der Suche nach dem, den ich mir in meinen Gedankenspielen, neben Manu, vorgestellt hatte als das Werkzeug meiner Rache. Ich suchte freilich eher halbherzig, war ich dem fraglichen Menschen nämlich schon so lange nicht mehr begegnet, daß ich ihn verschollen, für immer verschwunden, tot glaubte. Sonst stand er fast verläßlich, wie jetzt um Mitternacht, nach dem vorletzten Zug, irgendwo im Halbdunkel, hinter einem Mauervorsprung oder einer Säule, versteckt, unentdeckbar von der Videoüberwachung. Sooft er aber mich sah, erhob sich unvermittelt seine Stimme, eine sanfte, wie um mich besorgte, mit der Frage nach meinem Wohlergehen. Als ich ihn, hinter seiner Säule hervorgetreten – mit mir zusammen glaubte er sich unverdächtig – einmal gegenfragte, wo er denn wohne, kam die übliche Antwort eines Obdachlosen: »À gauche et à droite, einmal links, einmal rechts.« Er trug sommers wie winters dasselbe dünne reinliche Gewand, siehe die »Windjacke« (da ein treffendes Wort), und zitterte oft vor Kälte, und nicht nur im Dezember, wobei seine Stimme eine bleibend sanfte, haustierhaft zutrauliche war. Gearbeitet hatte er als Koch in vielen Cafés, nie in Paris, immer rundherum in sämtlichen Vororte-

Richtungen, Süd-Nord, Ost-West, schon damals, auf andere Weise freilich, eine Woche links und eine rechts. Lang war das schon her, und so lange lebte er wer weiß wovon, tagsüber unsichtbar, gegen Mitternacht aus dem Schatten einer Säule oder einer Mauernische in dem hiesigen oder einem Nachbarbahnhof tretend. Keine kleineren Küchen als manche jener Caféküchen, selbst eine Schiffsküche war geräumig dagegen; sie befanden sich in der Regel im Keller- und Toilettenbereich, und als er mich wieder einmal aus einem seiner unterirdischen Bahnhofswinkel anäugte, mit übergroßen Augen, sah ich ihn, allein den Kopf, zugleich hinter der verglasten Luke solch einer Küchentür, die Kochmütze auf dem schwarzafrikanischen Schädel, und nicht frontal wie gerade, sondern im Profil, nichts in dem Bild als den über eine unsichtbare Pfanne oder sonst ein Gerät geneigten Kopf, den zudem undeutlich, von den Dunsttropfen innen an der Türluke verzerrt, aus der Fasson gebracht, und dabei doch, umso spürbarer, wie eben nur ein geborener Koch, bei seiner Sache, welche das jetzt nicht mehr war, und das, mochte er mir noch so inbrünstig von seinen Zubereitungsarten, Garzeiten, höchsteigenhändigen Rezepten erzählen, nimmermehr sein würde. Oder, wer weiß, doch? Er war noch lange nicht alt. Zurück nach Afrika? Wurden dort nicht auch andere Zauberer gebraucht, Zauberer seinesgleichen? Hintersäulenheilige wie er?

Bei den letzten mitternächtlichen Begegnungen hatte Ousmane mir Angst gemacht, Angst nicht um mich, vielmehr um ihn? Eher eine ungerichtete Angst, ohne ein bestimmtes Objekt. So wie er nun schon über Jahr und Tag, Tag wie Nacht, hauste (oder nicht hauste), das war jedenfalls kein Zustand, oder würde bald, und dann von einem Moment zum andern, schrecklicher Augenblick!, kein Zustand mehr sein. Es würde etwas geschehen, es sei denn, jemand würde sich seiner annehmen. Und dieser Jemand war ich, seit langem sein einziges Gegenüber. Woher ich das wußte? Ich wußte es. Und sich seiner anzunehmen hieß: Ich sollte ihm einen Auftrag erteilen. Einen Auftrag für Geld? Er, Osmane, hatte meine (anfänglichen) Geldangebote immer abgelehnt, nebenbei, ohne Stolz, aber streng; höchstens hatte er mich dann und wann zum Kauf eines mitternächtlichen Kaffeebechers ins Kebab geschickt, das einzige noch offene Lokal um den Bahnhof herum. Und auch jetzt würde er für den Auftrag kein Geld nehmen. Es ging ihm nur um den Auftrag. »Die längste Zeit schon erwarte ich von dir einen Auftrag. Du sollst mich endlich beauftragen! Du bist mir dazu verpflichtet!« Er sprach das nicht aus, er ließ es mich fühlen, nicht bloß mit seinen riesigen wie wimpernlosen Augen, auch mit dem, was er mir, von Mal zu Mal zudringlicher und zuletzt ausschließlich, anstelle eines Grußes und überhaupt jedweden Wortwechsels, auf Umwegen von sich zu hören gab: »Wohnst du noch immer allein im Haus? Ist dein Haus groß? Wie viele Zimmer hat es? Wie viele Herdplatten? Liegt es an einer öffentlichen Straße oder in einem Privatweg?« Er wollte von mir in mein Haus aufgenommen werden, nicht als jemand Gestrandeter, aus Menschenfreundlichkeit, sondern als Partner und Sozius, wozu es, nach all den folgenlosen nächtlichen Palavern in der Bahnhofskälte, höchste Zeit war! Er wünschte nicht etwa, mit mir im Haus zu wohnen, er verlangte es. Wir würden gemeinsame Sache machen, würden zu zweit ein Ding drehen wie noch keines. Ich sollte mir gefälligst für ihn eines ausdenken, und er, er würde es, Chefsache, ausführen, ein Ding, das sich gewaschen haben wird! Bei unserem allerletzten Zusammentreffen, als er mich, nach außenhin mit den immergleichen Worten, wie gehabt, nach dem Haus ausfragte, geschah es, daß Ousmane mich hinter seiner Säule heraus jählings anrempelte und boxte, wie freundschaftlich zwar, nach afrikanischer Art sozusagen, dabei doch so stark, daß es mich fast von den Beinen riß. Und zum ersten Mal bemerkte ich da an dem so schmalen wie schmächtigen Menschen die Überdimension der Fäuste, dann die Länge der Finger, auffälliger noch durch das Fastweiß der Innenhand.

Habe ich den Moment bald vergessen? Jedenfalls lag mir an Ousmane. Er blieb mir wert, als einer von denen, die, augenblicks, als »Er« oder »Sie« »Ich« werden konnten, und »Ich« umgekehrt »du! ja du!«, unvermutete, unplanbare Seelenwanderung für jenen einen Augenblick, von dem ich ewig hätte erzählen können. Ousmanes fortdauernde Abwesenheit war mir ein Weh. Und doch war ich erleichtert, ihn auch zu dieser Mitternacht nicht hinter einer seiner Säulen und Pfeiler anzutreffen. Die Sache, die bevorstand, war nichts für ihn, war überhaupt keine gemeinsame; war allein die meine. Ich durfte niemanden mit ihr beauftragen. Und doch war sie ein Auftrag: zu beauftragen hatte ich mich selber.

Für den Heimweg vom Bahnhof benutzte ich nicht den Gehsteig, sondern den Mittelstreifen der südwärts zum Ort hinausführenden Überlandstraße, die bei mir, je nachdem, einmal »Carretera«, einmal »Magistrala« hieß. Der Streifen, tagsüber stumpfweiß, jetzt in der Nacht wie phosphoreszierend, begann nach der Unterführung in Vierradbreite und spitzte sich stadtaus allmählich zu, in Pfeilform, bis er, noch vor der Abzweigung zu meinem Haus, überging in das übliche Mittelstreifenmaß. Da lief ich, ohne mich um die Autos zu kümmern, die, wenn auch spärlich, unterwegs waren und jeweils – keines dabei, das mich anhupte oder anblendete – um mich herumkurvten, als sei solch ein Mittelstreifenrenner eine Selbstverständlichkeit.

Einmal im Bett, schlief ich sofort ein. Traumloser Schlaf. Aus dem mehr gestupst als gerissen, fühlte ich mich dann geweckt, jäh und zugleich sacht. Keine Empfindung von vergangener Zeit und überhaupt etwas wie einer Zwischenzeit. Und doch zeigte die Leuchtuhr im Zimmerwinkel an, daß ich mehr als zwei Stunden geschlafen hatte. Anders als sonst, da ich nicht bloß untertags, sondern auch nachts, gleichwie erwacht, immer die Uhrzeit wußte, oft auf die Minute genau – schon in der Kindheit zum Staunen der ganzen Dorfsippe –, hätte ich hier jetzt weit danebengeraten, um gewaltige Zeitspannen entweder zu kurz oder zu lang. Kam das vom Mondschein? Hatte ich doch, augenblicks in Schlaf gefallen, die Jalousien offen gelassen. – Aber da schien kein Mond, und erst recht kein Vollmond. Oder waren es die Eulenrufe, ins Haus herabschallend oben vom Ewigen Hügel? – Und abermals nein: Eulenrufe als Weckrufe, unmöglich; seit jeher hatten die langgezogenen Laute dieser Nachmitternachtsvögel die Stille noch vertieft und mich eingesponnen in das friedlichste Weiterschlafen.

Hellwach lag ich, die Ruhe in Person. Üblicherweise, sooft sich bei mir in der ersten Nachthälfte ein wie unumstößlicher Entschluß oder eine unbezweifelbare Gewißheit ergeben hatte, stellte das Erwachen, ob bei Tageslicht oder, viel öfter, wie schon in der zweiten Hälfte der Nacht alles das wieder in Frage. Und nicht allein das: mein am Vorabend Gedachtes, klar Gesehenes, Gewußtes, unwiderruflich Beschlossenes zeigte sich dem mit einem Schlag, und der ausgeführt von einer Riesenfaust, aus dem Schlaf Geprügelten als vollkommener Unsinn; gegenstandslos und darüber hinaus eine Anmaßung, ein Frevel, die »Todsünde der Hoffart«. Und ein derartiges Umspringen des Geschehens in der letzten Nachtstunde, im Morgengrauen, war sonst die Regel, in meinen Augen ein Gesetz (das ich in den bewußten vorangegangenen Nachtstunden jeweils vergessen hatte).

Das jetzt waren indessen nicht die üblichen Zeiten. Späte Nacht und Morgengrauen hin oder her: der Beschluß vom Vorabend stand fest. Die meiner Mutter angetane Kränkung zu rächen war kein Hirngespinst. Sich auf den Weg gemacht und nicht geruht bis zum Vollzug! Alle die Jahre nichts als Gedankenspiele, wenn auch ernste, todernste Trauerspiele: damit war es endlich vorbei. – Doch war jenes Verbrechen nicht inzwischen verjährt? – Unsinn: für dergleichen galt keine Verjährung!

Jetzt bloß keine Voreiligkeit, in Wort und Tat ansonsten eins meiner Grundübel. Obwohl ich es im Bett kaum mehr aushielt, blieb ich liegen, bei weit offenen Fensterflügeln. Das Rauschen von den Autobahnen auf dem Plateau hinter den Wäldern hörte sich leiser an als noch in der Osterwoche zuvor, gedämpft durch das frischgesprossene Laub, und war fast ein Säuseln im Vergleich zum Brausen der Fahrzeuge im Winter. Kein Wind, und doch kam durch das Fenster ein Wehen, als werde ich angeweht allein vom Element Luft.

Im ersten Licht dann putzte ich meine ältesten und bestbewährten Schuhe, mit denen ich, obwohl sie keine Wanderschuhe waren, die spanischen Pyrenäen überquert hatte und weiter südwärts die Sierra de Guadarrama und danach die Sierra de Gredos. Und als Kaffee gönnte ich mir den von den eigenhändig gemahlenen Bohnen des Blue Mountain aus Jamaica, dem ich über den Geschmack hinaus in keinem Kaffee des Erdkreises zu findende Heilkräfte zuschrieb, und nicht erst an diesem Morgen. Bemerkenswert, wie in der Stunde vor dem Aufbruch Schmecken und Riechen einen Vorrang bekamen vor meinem sonst vorherrschenden Sehen und Hören, Schauen und Lauschen. Der Geruch der Schuhpasta wie der noch ungemahlenen Blue-Mountain-Bohnen ging mir durch und durch, während die morgendlichen

Anblicke und Geräusche, auch die zartesten, mir wenig oder nichts bedeuteten; zwar gab es sie, aber sie galten nichts; gleichwelches Bild, gleichwelcher Laut war außer Kraft gesetzt. Und bemerkenswert, gleichsam im Tausch mit dem verlorenen Sinn für die aktuelle Uhrzeit, schien ich zusätzlich einen für die Gewichte bekommen zu haben: ohne Absicht wog ich jedes der paar Dinge, die ich für den Weg in den Tragbeutel packte, in der Hand, gab es von der einen Hand in die andere, und spürte, jetzt, ein nie gekanntes Vergnügen an der für mein Vorhaben »genau richtigen« Schwere oder, jetzt, an der »idealen« Leichtgewichtigkeit. Und schließlich spürte ich, der in den üblichen Zeiten am Morgen, bis hinein in den späten Vormittag, wenn nicht frühen Nachmittag keinen Bissen hinunterbekomme, einen unvermittelten Appetit und verspeiste unter der Linde im Garten mit Hochgenuß einen Apfel, einen »Ontario«, zusammen mit einem getoasteten Stück Brot namens »pain festif« (aus der örtlichen Bäckerei), jeder »Schluck« (so schmeckte es), der Gaumen begleitet von einem unwillkürlichen Kopf-in-den-Nacken-Legen himmelauf, gleich wie bei einer Götterspeise. Ich verzehrte den Apfel, wie manchmal Birnen, mit »Butz«, dem Blütenrest, und »Stengel«.

Kein Tag ohne Lesen in einem Buch, Buchstabieren, Entziffern. Welches der Bücher, die ich gerade las, miteinstecken für die Expedition? Hesiods »Werke und Tage«? Das Evangelium »nach Lukas«? »Die Leute gegenüber« von Georges Simenon (keiner seiner Kriminalromane – nur jetzt keinen Kriminal- oder Detektivroman! – und schon gar nicht an dem besonderen Tag)? Nicht Hesiod: der beklagte, nach der Feier des Goldenen Zeitalters und, schon weniger freudig, des Silbernen, das, ich glaube, fünfte und letzte, das Eiserne, als das denkbar schlimmste, und als ein solches sah der Dichter schon seinerzeit, vor über zweitausendfünfhundert Jahren, sein eigenes – die Gegenwart. Nein, keine »Werke und Tage« mit auf den Weg. Auch nicht die Frohbotschaften des Lukas, samt Auferstehung und Himmelfahrt, und am Ende die schlimmsten Missetäter, vielleicht »noch heute mit mir im Paradies« – ein andermal ja, meinetwegen schon übermorgen, aber heute: nein! Und Simenon würde mich auf seine meisterhaft durchtriebene Weise von meiner Sache ablenken – obwohl ich nichts gegen gewisse Ablenkungen hatte, diese gegebenenfalls als wesentlich einschätzte –: solcherart Ablenkung jedoch für den bevorstehenden Tag: wiederum nein! Das sollte ein Tag ohne Lesen sein, oder höchstens ein zufälliges, im Vorbeigehen, eine Inschrift in einem Mauerstein. Und doch fehlte mir schon jetzt das Geräusch der Buchseiten beim Umblättern, vor allem das Knistern manch eines Dünndruckpapiers, unvergleichliche

Musik. Heute kein Buch. No book today, my love is far away.

Zum Unterschied zu allen vorigen Aufbrüchen weg von Haus, Garten, Ort, suchte ich auch nirgends Zeichen, weder solche noch solche (oder war ich von denen jeweils nicht eher angesprungen worden?). Daß mir beim Schnüren der Schuhe das Band riß, hieß weder, daß es ratsam sei, dazubleiben, noch, daß solche Heftigkeit mir Verderben bringen würde – es hieß gar nichts, nichts und wieder nichts – ruhig frische Schuhbänder eingezogen, die andern waren ohnedies schon lange müllreif. Und die kohlrabenschwarze Katze, die mir über den Weg lief? Mag doch gleich noch so eine da laufen. Und hatte der Reisesack auf der Schulter nicht etwas von einer Replik jenes Stoffbündels, mit dem Leo Nikolajewitsch Tolstoi sich vor hundertzehn Jahren von seinem Jasnaja Poljana auf den Weg gemacht, zum Sterben in der Hinterkammer der Bahnstation – wie-hieß-die-doch? – Na und? – Und dort oben im Himmel, die zwei Flugzeuge dicht auf dicht hintereinander: verfolgte nicht das zweite das erste und würde es, jetzt und jetzt, aus der Luft schießen, und das bedeutete Krieg? – Das war einmal.

Nichts konnte mich im Aufbruch entmutigen. Aber auch keine besondere Ermutigung war vonnöten. An anderen Tagen, mag sein, hätte ich aus dem Flug quer durch den Garten auf dem Weg zum Tor des in einem fort mir vor Füßen, immer bodennah, kreuzenden Rotkehlchens etwas dergleichen herausgelesen. Jetzt sah ich sein Spiel, ein mir Vorspielen, zu mir hin, von mir weg in die Büsche und zurück, als bloße Zugabe, welche mich doch bekräftigte, als Teil des ganzen übrigen Naturgeschehens, mich bestätigte und mich zum Mitspieler machte.

Aber was spielte der kleine bauschige Vogel mit dem ziegelroten Kehlfleck mir da vor? Er gab den »Rachetrainer«. Ja, eine solche Rolle bestand, und wenn nicht, so zumindest diese Szene lang, in meiner Phantasie. Und sie kam nicht exklusiv aus der Phantasie, erinnerte, memorierte und wiederholte jene dabei ganz andere aus dem Alten Testament, wo der Prophet Elias oder wer in der Wüste oder wo nach langem Verharren endlich die Stimme Gottes vernimmt, jedoch nicht in dem anfänglichen Sturmbrausen, Blitzegeschleuder und Donnergrollen, vielmehr erst in der, wenn ich mich nicht täusche, langandauernden Stille danach, und aus der heraus kommt die Stimme des Gottes als ein allerleisestes Säuseln oder Wispern (welches hebräische Wort wohl?), oder, in meiner Vorstellung, als Zirpen.

Diese Bibelepisode gilt im allgemeinen Bewußtsein als Beleg und Gleichnis dafür, daß Gott sich hören läßt nicht aus den Naturgewalten und mit Sturm- und Donnerstimme, vielmehr ... (drei Punkte). In den Heiligen Schriften wird die Geschichte füglich weitererzählt: die flüsternde Gottesstimme, aus der Stille, sanfter nicht möglich, trägt dem Propheten in der Felswüste dringlich und gebieterisch etwas auf: Rache! Räche mich! Räche mein Volk!

So wurde es mir auch zuteil an dem Aufbruchsmorgen, als das Publikum des Rotflauschvögelchens. Allerwärts brüllten die Raben, krächzten die Krähen, messerwetzten die Meisen, schrillten die asiatischen Papageien, trillerpfiffen die Amseln, maulten die Häher, knurrten die Tauben, ja knurrten, zeterten die Elstern, zischelten die Meisen, trommelten die Werweißwiesieheißen, aber von der in eleganten Loopings immerzu, zum Greifen nah, mich umschwirrenden, mir vorausschwirrenden, bis auf das kaum vernehmbare Flügelraspeln, Rotkehle kein Laut. Und endlich ließ sich der Vogel mir in Augenhöhe auf einem kahlen Dornzweig nieder, aus dem geplusterten Kopf mich beäugend, ohne mit seinem Schnabel auch nur den leisesten Laut zu geben. Ein Laut, dann Laute ohne Unterlaß, kurze, immergleiche, rhythmische, stammten von seinem Wippen auf dem Zweig, von dem inständigen Nicken, mit dem ganzen Körper, nicht allein dem Kopf, ein Nicken aus Leibeskräften, endlich auch hörbar, als zartes Geraspel, zugleich das strenge Kommando: »Tu es! Tu es!« Und so wurde es mir noch lange vorgespielt und -exerziert, bis der Rotbausch flugs wegtauchte, lautlos, hin zur Efeuhecke, wo er seit den drei Tagen am Nestbauen war, im Schnabel, wie ich jetzt erst bemerkte, lose verkettete Bleistiftspitzspiralen; der Zweig im Leeren weiterwippend.

Es war mir mit den Jahren in Fleisch und Blut übergegangen, bei jedem Aufbruch ein ums andere Mal über die Schulter auf Gartentor und das zum Teil von den Bäumen verdeckte Haus zu schauen. Dazwischen tat ich auch mehrere, und zwar gezählte Schritte rückwärts, jetzt neun, jetzt dreizehn, frei nach den angeblich geweihten Zahlen der Maya in Yucatán. An diesem Morgen vermied ich Rückblick wie Rückwärtsgehen. Nur stracks geradeaus!, mit unüblich großen Schritten, beinah wie ein Redner aus den Kulissen herausgetreten auf dem Weg zum Pult.

Dabei fühlte ich mich ganz Herr meiner selbst, wie ich es bisher nur zu allen heiligen Zeiten gewesen war. Begann denn jetzt solch eine Heilige Zeit? Wir würden sehen. (Wir? Ihr und ich.) Auch spürte ich jede Faser oder

Zelle oder was immer meines Körpers angespannt von etwas, was mir, im Vergleich zur Jugend, mehr und mehr entschwunden war – angespannt werden und vibrieren von jener Geistesgegenwart, welche zugleich Bereitschaft war. Meine andrerseits, noch vor den frühen Jahren, schon in der Kindheit zumindest ebenso häufigen Geistesabwesenheiten dagegen hatten sich, das wenigstens war bis vor kurzem meine Meinung gewesen, mit dem Alter, »aus Altersgründen«, verstärkt, akut besonders im täglichen, sich beschleunigenden Vergessen, Nicht-und-nicht-Wiederfinden der sogenannten Gebrauchsdinge, deren Was, Wie und in erster Linie Wo – bis ich die Erklärung oder, wenn ihr wollt, die Ausrede fand, das liege weniger an mir und meinem Alter als an der Vertauschbarkeit, der Gleichförmigkeit, Unansehnlichkeit und, vielleicht handgreiflichst – oder eben so gar nicht handgreiflich –, an der, abgesehen von ein paar wenigen urzeitlichen oder klassischen, Unnotwendigkeit oder Nutzlosigkeit fast aller der heutigen angeblichen Gebrauchsdinge, sämtlichen zeitgenössischen Zeugs, damit verbunden auch das Unnotwendige der häuslichen wie außerhäuslichen Handlungen, und als Konsequenz zu schlechter Letzt eben Verlegt- und Vergessenhaben, manchmal himmelschreiend, von Alt und Jung.

Erklärung? Ausrede? Wie immer: mit dem Aufbrechen, jetzt und jetzt, weg von Haus und Wohnsitz: Wiederaufleben der ursprünglichen Geistesgegenwart, einer dabei verwandelten und neuartigen: zum einen Gefaßtheit, »auf das Äußerste gefaßt«, wie vor einer drohenden Katastrophe, wenn nicht dem Krieg, dem letzten (gefaßt auch, mit einzugreifen) – zum anderen einer Geistesgegenwart als, in einer sich wiederholenden Schleife, Innewerden wie im selben Moment, ja, gleichzeitig Innesein, von was wohl? von noch und noch, von nichts und wieder nichts – friedlich – friedlicher unvorstellbar (auf Erden) – der verkörperte Frieden, der anders Leibhaftige. »Konkurrenzlos friedlich«: So jedenfalls fühlte ich es, den Frieden dabei vorweg und den Kampf, oder was da drohte, eher im Hinterlassen irgendwo: im ganzen eine ernste Friedlichkeit, und ich, morgendlich unterwegs fürs erste wer weiß wohin, als deren Teil. Ein Satz aus dem »Anton Reiser« kam mir ins Gedächtnis, von einem warmen, aber trüben Morgen, »das Wetter so reisemäßig, der Himmel so dicht auf der Erde liegend, die Gegenstände umher so dunkel, als sollte die Aufmerksamkeit nur auf die Straße hingeheftet werden«.

Wieso jetzt dann allerdings, bevor ich aus der Allee hinaus auf die Carretera trat, das Zurückschrecken der auf dem Gehsteig Richtung Bahnhof dahinstöckelnden jungen Frau vor mir, dem seinem Selbstbild nach so friedlich Ernsten, ein Zurückschnellen mit einem schriller nicht möglichen Schrei?

Ja doch: Schon als Kind hatte ich Gewaltvorstellungen gehabt, und das waren mitnichten bloße Phantasiespiele, zu schweigen hier vom Stiefvater, dem ich nach den Nächten, da er die Mutter quer durchs Haus prügelte – dazu sein Lachen –, mit der aus der Holzhackhütte geholten Axt, als er am Morgen am Fußboden neben dem Ehebett seinen Rausch ausschlief, den Schädel einschlug. Und noch in den letzten Jahren hier in dem anderen Land konnte ich, der Fremde, der Ausländer, bei dem oft nicht und nicht endenwollenden Gebrüll und Gekreisch der einheimischen, einheimischer nicht möglich, Hunde in den Nachbargärten, mich, wieder und wieder, der im übrigen lustlosen Vorstellung nicht erwehren, das je dazugehörige Einheimischenhaus mit einer »Bazooka« – wobei ich keine Ahnung habe, wie das im einzelnen ist und wie das Ding funktioniert – in die Luft zu jagen; dem Erdboden gleichzumachen, in eine Flammenhölle zu verwandeln, samt dazugehörigem Geheul von Tier und Mensch. Und eine Gewalttat werde ich eines Tages tatsächlich ausführen (oder auch nicht): dem Yoga-Laden um die Ecke mit einem der vielen aus den Königszeiten herumliegenden Randsteinbrocken das Schaufenster einschlagen, zur Strafe für die mißbrauchten Dichterverse zu Bäumen, Selbstüberhebung und Seelenruhe, unterspickt mit indischen und tibetanischen Weisheitssprüchen wie »alle Situationen, alle Emotionen, alle Aktionen, alle Wesen akzeptieren«, und zwischengespickt mit »Gefälligst zehn Minuten vor der Zeit dasein« und »Es wird ersucht, vor dem Eintreten die Schuhe auszuziehen«.

»Ich werde dich (den, die) töten!«, das war mir, als Fluch, schon, zu eher unheiligen Zeiten, im Selbstgespräch an die Lippen gekommen. Aber es war noch keinmal stimmhaft geworden, und schon gar nicht laut, und vor den andern. Käme es eines Tages dazu, so würde sich, bildete ich mir ein, der Fluch gegen mich richten, und ich müßte den Mord oder Totschlag früher oder später tatsächlich ausführen. Die früheren Wiederholungsträume, Angehöriger einer kurz vor der Entlarvung stehenden Mörderfamilie – einer durch die Jahrhunderte fortmordenden Sippe – zu sein, hatten seit langem aufgehört, zu meinem Verwundern und beinah Bedauern.

Zum Mörder fühlte und wußte ich, wer weiß warum, ob mit den Träumen als Zündung oder umgekehrt als einer Auswirkung, mich geboren. Mitnichten dagegen zum Rächer. Wobei zu unterscheiden wäre zwischen »mich«

rächen und »jemand anderen« rächen. In meiner Erinnerung habe ich mich ein einziges Mal für mich selber gerächt, und diese Erinnerung kann nicht trügen, weil nichts, rein gar nichts von solcher Art Rache sich mir eingeprägt hat, als daß sie jämmerlich gescheitert ist, ausgelacht von dem – nein, von der, von dem Mädchen, an dem ich mich rächen wollte, schon mit meinem ersten Zug, dem danebentreffenden Wort und auf der Stelle vom Tisch gewischt, und ich dazu; bloße Nachahmung, und ungeschickter nicht möglich, von dem, was ein Kind (ich) sich als »Rache« vorspiegelte; Spielart »Kinderrache«.

Mehr als bloß einmal dagegen, in späteren Jahren, der Impuls, Rache zu nehmen für das anderen Angetane. Und diese Anderen, seltsam oder auch nicht, waren ausnahmslos welche aus der Familie, der meiner Mutter, in Wahrheit nur ihre beiden als Zwangssoldaten des deutschen Halbweltreichs in Rußland – »die fremde Erde sei euch leicht!« – von der Erde kartätschten Brüder, von denen sie, die Schwester, mir, dem Heranwachsenden, so liebreich erzählte, wieder und wieder, daß die zwei, anders leibhaftig in der Tür und mir Zuhörer vor Augen standen. Und sie erzählte und erzählte. Sie erzählte am Morgen, sie erzählte am Abend, sie erzählte in der Nacht. Und ich, stärker und stärker: Rache! Bloß: an wem Rache üben? Greifen wen bei allen den lange schon, wenn nicht von Anbeginn Ungreifbaren? Und doch: Rache! Und wiederum: Bloß wie? Auf welche Weise? Mit welchen, mit wie beschaffenen Mitteln? Wen sühnen lassen, und wie? Und war das Sühnenlassen denn nicht Sache der Obrigkeit? Nichts da von Obrigkeit und Amtlichkeit! Ein Amt dagegen wohl: das Rache-Amt, und es war das meine. Und wiederum: verstärkter Impuls, und verstärktes Stocken.

Nie hatte ich damit gerechnet, daß dieses Amt eines Tages allen Ernstes ausgeübt werden sollte. Und als das – so erlebte ich es – von mir eingefordert wurde, geschah es gleichsam unter den genau umgekehrten Vorzeichen als den erwähnten. Vergleichbares (nein, nichts ist »vergleichbar«) war mir lang vorher einmal, ein einziges Mal, begegnet: ein anonymer Brief mit der Drohung, mein Kind zu töten, schaffte ich es nicht, die sechs Millionen von meinen Vorfahren (das nur zwischen den Zeilen) getöteten Juden zum Leben zu erwecken. Das ist schon geschrieben, aber es sei hier wiederholt, wie im übrigen das eine oder andere in dieser Geschichte: wegen der unterschiedlichen Gewichtung. Daß ich mich, den Brief in der Hand, den Absender gleich erraten, auf der Stelle zu ihm auf den Weg machte, ein Klappmesser in der Hosentasche oder sonstwo, geschah nicht, wie jetzt an dem fraglichen Morgen, um Rache zu nehmen. Warum aber? Ich wußte es damals nicht, und ich weiß es heute noch nicht. Was ich weiß: Es gab und gibt da nichts zu wissen. Kein Warum. Oder: Was da ablief, war pure, wenn nicht leere Mechanik, sich auflösend in die Erleichterung, dem Briefschreiber, der mich in der offenen Tür nur stumm angrinste, gegenüberzustehen als ich und du, die Faust um das Messer in der Tasche gelockert zu fünf oder fünfhundert ineinanderspielenden Fingern. Nur kein Vorhalt, und vor allem kein Vorwurf, und, bewahre! kein Strafen. Strafe: meine Sache nie und nimmer. Rache nehmen – etwas wesentlich anderes – dagegen wohl, mir kraft der Brudererzählungen meiner Mutter eingebrannt. Was freilich war in diesem Fall zu rächen?

Nicht immer ist es bei bloßen Vorstellungen von Gewalt geblieben. Dann und wann habe ich mich auch schuldig gemacht und sie ausgeübt, mir nichts, dir nichts. Ja, Gewalt war in ein paar meiner Taten wie, auf andere Weise, und weit öfter und heftiger, meinen Worten gewesen. Und wenn in Worten, so ausnahmslos in gesprochenen, nie in geschriebenen, will sagen, zum Publiziertwerden, bestimmten, für die eine oder andere Öffentlichkeit. Seit jeher waren mir solch ein Schreiben, Aufschreiben, Schriftlichwerden tabu.

Jene Gewaltakte, die mündlichen vielleicht stärker als die brachialen, waren durch keinerlei Erklärungen, wie sie schnell zur Hand sind, manchmal auch stichhaltig, wegzudenken. Als den Gipfel der Gewalttätigkeit sah ich im Lauf des Lebens öfter und öfter, und das eine Mal dann mit realem Mordgedanken, die öffentliche, die wie offiziell und naturrechtlich ausgeübte, die – wieder Homer – ferntickende, ohne Anrempelworte daherkommende Schriftsprache, verkürzt gesagt, der Zeitungen. Ihre Gewalt, indem sie als die alleinrichtige, die es besser wissende, allesdeutende, allesbeurteilende, enthoben den Dingen, den Werken und Tagen, ihre Schriftzeichen schlang, schlaufte, knüpfte und zuzog, war es, die in meinen Augen auf dem Erdkreis das größte Unheil anrichtete und ihren – das gehörte zur Natur solch Fernschreibens – wehrlosen Opfern nie wiedergutzumachendes Unrecht zufügte.

Dabei hätte eine Berufsbezeichnung wie »Fernschreiber« mir nicht übel gefallen, gedacht freilich für einen Fernschreiber einer anderen, einer dritten oder vierten Art. Und was mich auf »Töten!« gebracht hatte, das war jenes eine Mal, als ich in einem Zeitungsartikel, welcher auf mich abzielte, nebenbei, in der Erinnerung wie in einem Nebensatz, zu lesen bekam, meine Mutter sei eine der Millionen aus der einstigen großen »Donaumonarchie«

gewesen, für welche die Einverleibung des kleingewordenen Lands ins »Deutsche Reich« Anlaß zu Freudenfesten gewesen war; meine Mutter habe gejubelt, will sagen, sei seine Anhängerin, eine Parteigenossin gewesen. Es ging nicht allein um den Nebensatz: auf der Seite mit dem Artikel war auch eine Photomontage zu sehen mit dem stark vergrößerten Kopfbild meiner damals siebzehnjährigen Mutter, eingefügt in eine heil-oder-sonstwas schreiende Menschenmasse auf dem Heldenplatz oder sonstwo.

»Schon recht, wie es dir jetzt so tödlich ernst geworden ist«, sagte ich, innegehalten am Übergang zur Landstraße bei einem meiner üblichen stummen Zwiegespräche mit mir selbst: »Aber, so wie eine Zeit ist zu lieben und eine Zeit zu hassen, ist, lieber Freund, nicht auch eine Zeit zum Ernst und eine Zeit zum Spiel?« Worauf ich antwortete: »Falsch, Freund. Mein, zugegeben, unvermitteltes, gar plötzliches Ernstwerden jetzt ist kein tödliches, vielmehr eines, das notwendig übergehen wird zu einem besonderen Spiel, einem Spiel der Spiele, welches ohne ihn, diesen Ernst, nicht, nie und nimmer im Leben, gespielt werden kann, ein, wieder zugegeben, gefährliches Spiel, ein brandgefährliches. Aber so will es die Geschichte.« – »Die Historie?« – »Trottel!« – »Selber Idiot!« Wozu dann ein Vogel oben in einem Landstraßenbaum dasselbe laut rief und sogar schmetterte, wieder und wieder: »Idiot! Idiot!«

Bei alledem hatte ich noch Augen gehabt auf die seit langem ungeöffnete Haustür des siechen Nachbarn, wo die Pantoffeln, auf der Schwelle in den vergangenen Monaten unverrückt einer neben dem andern gelegen, an diesem Morgen aufrecht dastanden, an die Türe gelehnt; und auf der Straßenseite gegenüber für den leibhaftigen Idioten, auch als Pendant zu mir, wie er in einem fort eine Tragetasche und einen Koffer, einen ohne Räder, von einer Hand in die andere wechselte, als wüßte er nicht wohin damit; als wüßte er, unter idiotischem Lächeln, nicht wohin mit sich selber, und wohin es ihn überhaupt da verschlagen hatte. Ich grüßte zu ihm hinüber, und ein Gurgellaut schien zurückzugrüßen: »Bonjour!« Und weiter unten auf der Magistrale ein weiterer Einzelsteher, ein Uralter, »schon seit Stunden, seit dem ersten Frühzug«, mitten auf dem Gehsteig, »wie bestellt und nicht abgeholt«.

Seltsam, oder auch nicht, wie in der Stunde meines Aufbruchs zur Rache-Expedition, wenn mir überhaupt jemand begegnete, das jeweils nur Einzelne waren. (Das eine Paar darunter: zwei von denen, von mir »die neuen Paare« gehießen: eine zwergenhafte Greisin – noch so eine Uralte –, Schritt für Schritt sich vortastend am Stock, untergehakt von einer, im Vergleich zu ihr jedenfalls, entschieden jugendlichen Begleitperson auf hohen Absätzen und mit den Haaren im Wind, was man von denen der Greisin nicht hätte sagen können.) Auch in den Bussen auf der Carretera saß jeweils nur ein einzelner Passagier, und sogar beim Blick zurück auf den Bahndamm zeigte sich in den Zügen von Abteil zu Abteil nie mehr als eine einzige, fern und fernere Silhouette. Ah, war mir denn, in das »Tu es! Tu es!« gedriftet, entfallen: heute war der letzte der Nachostern- oder Maiferientage, und erst der morgige, der Sonntag, jener der großen Rückreise?

Wie aber kam es, daß auch die Tiere, die sich sonst nur in der Mehrzahl sehen ließen, mir als vereinzelte, keine Genossen weit und breit, unter die Augen kamen? Schau doch: der bekannte Balkanschmetterling, sonst verläßlich Teil eines von Blick zu Blick sich vermehrenden Luftwirbelpaars, allein wie nur ein einzelner Balkanfalter kreuz und quer torkelnd, bedenklich boden-, teer- und asphaltnah. Wie kam das? Genug der Fragen. Fraglos bleiben, wie beim Zuschlagen – ein Zuschlagen, das durch die ganze Gegend dröhnte und nachdröhnte – des eisernen Gartentors, und dann weiter, aufgenommen vom Wind der Straße im Gesicht.

Berichtenswert, mehr: erzählenswert, so oder so, die von Platz zu Platz, von Sportfeld zu Sportfeld, von Terrain zu Terrain agierenden Alleinspieler. Bei einem Basketballer, der allein im Umkreis, von links, von rechts, jetzt mit einem Weitwurf, jetzt mit einem Hochsprung unterhalb des Netzkorbs, den Ball ins Ziel zu bringen versuchte, war das ja noch ein gewohntes Bild, ebenso, mehr oder weniger, bei dem Fußballer, der allein auf dem Feld, immer wieder vom Elfmeterpunkt das »Leder« (wenn es eines war) ins leere Tor schoß, schob, hob, spielte. Auffälliger schon der eine mit dem Tennisschläger, ohne Ball, kein Netz auch zu sehen, stand er da überhaupt auf einem Tennisplatz, und wenn, auf einem ehemaligen, der sich schon lang in ein wucherndes *terrain vague* verwandelt hatte?: wie er in einem fort ausholte mit dem Schläger und unsichtbare Bälle schlug, und statt in eine in sämtliche Richtungen. Und erst der Boulespieler, allein auf dem Sandplatz, seine sechs Kugeln pausenlos die leeren Bahnen oder Pisten hinauf und hinab werfend, schleudernd, rollend, mit jeweils einer Kugel eine andere oder gar alle die fünf anderen weg- und auseinanderkartätschend, ein ständiges Klikken in der Waldrandstille, das noch durch viele Straßen, Plätze, Bahngleise und sogar jenseits der Autobahn – oder wirkte es dort als eine Art »Nachhallbild«? – sich fortsetzte. Gemeinsam war den Alleinspielenden etwas

Marionettenhaftes. Steifbeinig standen sie da oder bewegten sich, mit hochgezogenen Schultern, wie an Schnüren gezogen, die Arme auf und ab schnellend, blicklos, ohne ein Wimpernzucken, ohne ein Aufschauen oder ein Aufhorchen.

Da war ich freilich schon woanders, langlang weg, und weit weg von meiner Gegend. So erlebte ich es jedenfalls. Und dabei war, seit Haus und Überlandstraße hinter mir lagen, kaum zählende Zeit vergangen. »Zahlen her!« – »Sagen wir, vielleicht zwanzig Minuten«; oder so: »In no time« fand ich mich jenseits meiner täglichen und mir eigen gewordenen Bereiche und Grenzen, in einer zwar nicht verbotenen, aber auch jetzt, auf den ersten Blick, nicht gerade geheuren Gegend, einem Ausland, einem Fremdraum, welcher dabei – »wieder sagst du ›dabei‹« – welcher dabei bloß das nächste Tal war, kaum durch einen eher schmalen Plateaustreifen entfernt von dem meinigen Tal, wie dieser Teil der Ile-de-France, mit dem gleichen hohen Ile-de-France-Himmel darüber, den gleichen Winden, vorherrschend westlichen, der gleichen Bodenbeschaffenheit, den gleichen Baumarten, Naturfarben, Häuserformen und -unformen, Ile-de-France, Land für sich, Landinsel, mit Paris (an diesem Tag zu vermeiden) inmitten, rings an den Ufern oft und oft begangene und vertrautgewordene. »Jetzt aber Zone?

Bedrohliche? Wenn nicht doch, im Moment des Überschreitens verbotene?« – »Ärger noch, den einen Moment lang, der in der Folge momentlang wiederkam: Todeszone.« – »Wie das: Einer, der auszieht, die Rache zu üben, spürt sich in einer Todeszone?« – »Ja, in der Todeszone, sich selber, und sich selber allein. So war es. Und so ist es.«

Lebenslang verboten unterwegs. Und jetzt: im Tal des Todes. Ungesetzlich. Widergesetzlich. Und wie recht mir das war! – so recht wie bisher noch nie. Denn seit jeher hatte ich das, was ich tat, als etwas insgeheim Untersagtes empfunden, nicht äußerlich – tiefinnen, tiefer innen nicht möglich. Ich verübte von Anfang an Illegales und war ein geborener Illegaler. Und nun würde das, indem ich ausdrücklich und vorsätzlich, aus freiem Entschluß die Grenze der Illegalität überschritte hin zum Verbrechen, vor den Augen der Welt, oder sonstwelchen Augen zum Vorschein, zum Strahlen, zum strahlenden Vorschein kommen, endlich. Gewisse Verbrechen hatten mich schon seit den Kindertagen angezogen, ja begeistert, und das nun würde ein solches sein und das auch darstellen. Triumph! – »Warst du vielleicht auch angezogen von dem Verbrechen, das du auf dem Sprung warst zu rächen, oder von dem, was in deinen Augen, und nur den deinen, den Sohnesaugen, Verbrechen war?« –

»Keine Antwort. Oder vielleicht später. Am anderen Ort. In einem anderen Land.« – So oder so: Endlich würde ich die mir an- oder eingeborene Illegalität ausleben! Sie unter Beweis stellen. Sie in die Tat umsetzen. Sie exerzieren! Sie exekutieren!

Solche Grenzüberschreitung geschah, indem ich es, im Unterschied zu sonst, auf einmal eilig hatte, von meiner Gegend wegzukommen. Statt daß ich, wie die unzähligen anderen Male, zu Fuß übers Plateau hinab ins Tal der Bièvre und weiter flußauf quellenwärts ging, nahm ich die vor kaum einer Woche eingeweihte Tramlinie, an der Station des benachbarten Bahnhofs von Viroflay, drei Stockwerke unter der Erdoberfläche. Schon da hinab stieg ich nicht zu Fuß, sondern ließ mich von den in neuer Frische funktionierenden Rolltreppen in die Tiefe transportieren.

Zuunterst die Schienenebene mit der Haltestelle, je eine einzelne Schiene für die zwei Richtungen, und in die beiden Richtungen führte die jeweilige Schiene in einen Tunnel. Wenn man den Kopf hob, ging der Blick zwischen den Treppen, den solchen und solchen, an den Liftschächten vorbei bis hinauf in die letzte Etage mit dem Dach hoch oben etwa auf Straßenniveau, wie in eine hell und dabei zart beleuchtete Kuppel. Neu erschien, aus der Bergwerkstiefe, und das als Teil des Großen Versailles, gesehen, dieser Raum als ein ganzer, und nicht allein das Treppen- und Liftnetzwerk, neu auch in dem Sinne von etwas, das es noch nie und nirgendwo, weder in Form noch Gestalt, und schon gar nicht zum Antreten einer Straßenbahnfahrt gegeben hatte. (So dachte ich nicht nur bei der ersten Benutzung.) Zwar drängte sich zunächst der Vergleich mit einer Kathedrale, einer tief unterirdischen, und so zusätzlich mit einer Katakombe auf. Doch ließen diese Raumfluchten, von unten nach oben sich fortsetzend und gleichsam (nein, kein »gleichsam«) fortpflanzend, mit nichts, aber schon gar nichts vergleichen; schmetterten, auf ihre sanfte Weise, jeden Vergleich ab.

Eine Tramstation wie diese war noch keinmal wo gebaut worden, und wenn doch – in Seoul oder Ulan Bator oder wo –: »Nein!« (So beschloß ich es.) Die Wände der Station waren im großen und ganzen nicht ausgekleidet worden, weder mit Keramikkacheln, wie üblich die der Metro, noch mit Marmorplatten (und wenn, so sah ich sie nicht). Man hatte das Erdreich zwar befestigt, auch isoliert gegen Wassereinbrüche, aber im übrigen den wie frischen Anschein der Aushubarbeiten belassen – mehrere Jahre hatte das Baggern gedauert. Und nicht einmal perfekt abgedichtet waren sie, die Wände:

hier und dort rieselte es, kleinkleine Rinnsale, aus dem Muster von Sand, Gesteinsschichten, Kieseln und Zement, und etwas wie Moos, Grasbüschel, Zweige (ohne Äste und Stamm), sogar, sagen wir, Algen wuchsen aus dem grottentiefen Stationsmauerwerk, in Leuchtfarben gleich Pflanzen in einem Aquarium, auch in ähnlichen Wellenbewegungen, zumindest beim Ein- und Ausfahren der Tramzüge. Porös und dabei robust, widerständiger, oder auf andere Weise widerständig, gegen die Zeit als Beton, »spielerisch widerständig«, zeigten sie sich, diese Erd-Sand-Schotter-Kiesel-Fels-Wände tief im Untergrund des Seitentals hinab zur Seine, eine bei Neubauten eher seltene Dauerhaftigkeit versprechend, insbesondere durch ihr augenfälligstes Baumaterial, das gleiche wie das der vielen nun weit länger als ein Jahrhundert bewohnten und von Generationen, in- wie ausländischen, weiterbewohnten Häuser der Gegend und überhaupt der Ile-de-France: den Sandstein, den rotgraugelben, graugelbroten usw., welcher auf den ersten Blick gar bröckelig aussieht, nah am Verwittern (gleich wird er aus der Fassade fallen, und die mit ihm), in Wahrheit dagegen fast Feuersteinhärte hat, die scheinbaren Bröckelstellen unverwitterbare Kanten, messerscharfe. Und dazu, im Untergrund variiert durch die elektrische Bestrahlung, ein Relief und Farbenspiel gebend, herzhafter, ja, als oben an den Hausfassaden das Tageslicht und selbst die Sonne, es sei denn die am Horizont morgens oder abends: eben das Sandsteinfarbenspiel, dies unvergleichbare, gelbgraurot, rotgelbgrau, und so fort.

»Nichts bewundern!«, das ist mit den Jahren auch einer meiner »Leibsprüche« geworden, fast ein Glaubenssatz, und das über das Technische hinaus. (Verehren oder »Sich erschüttern, Sich bewegen lassen«, das war etwas anderes.) Die »techne« dieser Tramstation, und auch, wie es technisch von ihr weiterging, dagegen konnte ich nicht umhin zu bewundern, in Abwandlung eines Satzes, gehört als Heranwachsender in einem alten Film, gerichtet von einem Mädchen an einen jungen Mann – waren das nicht Ophelia und Hamlet?: »Ich kann nicht umhin, dich zu lieben.«

Mit einem sonoren Summen, Geräusch so verschieden von dem der Züge und der Busse, auch der Metro in Paris tauchte die Untergrundtram aus dem Tunnel. Zugestiegen, sah ich mich gegen meine Erwartung in dem Wagen nicht allein, und anders als manchmal im Vorortzug, da ich, insbesondere bei den Vormitternachtsfahrten, in ein vollkommen leeres der Großraumabteile tretend, buchstäblich aufatme, mit dem stummen Ausruf: »Niemand! Gewaltig!«, war ich an diesem Morgen erleichtert bei der Aussicht, die Fahrt hinaus aus der Gegend mit andern zusammen anzutreten. Nur jetzt kein Alleinspieler sein.

Die zwei Waggons der Tramway waren fast voll, was wohl auch daher rührte, daß man Linie wie Strecke eben erst in Betrieb genommen hatte. Die meisten der Passagiere waren Neugierige oder Vergnügungsreisende. Unterwegs zur Arbeit oder, wie ich, mit einem Vorhaben, war da keiner.

Ungewöhnlich lang war die Fahrt durch den Tunnel, und nicht bloß für eine Straßenbahn, so daß ich mich, wie sonst, wenn einmal ein Zug über die Zeit in einem Bahnhof hält, nur hier andersherum, fragte, ob es da denn mit rechten Dingen zugehe. Die Mitfahrgäste jedoch taten, als sei nichts, und so tat dann auch ich.

Zu spüren, ebenso zu hören, an dem zeitweisen Schrillen der Räder auf der einen Schiene, daß die Tunnelstrecke fast schroff bergauf führte, zugleich in wenn auch leichten Kurven; das tiefgestimmte Surren dabei weiter der Grundton. Und unversehens doch, endlich hinaus aus dem Tunnel, ans Tageslicht, und im selben Moment das Surren ein Sirren geworden, ein bei weitem leiseres als jenes, und ebenso harmonisch, eine musikalische und dazu gastfreundliche Leier.

Der Untergrundzug schließlich zur Straßenbahn geworden? Noch nicht, noch immer nicht: die Straßen, zwei, da waren sie. Aber sie verliefen, statt neben und nächst den Schienen, weit weg davon und auf Hängen, linker- wie rechterhand an Waldsäumen entlang, während die Tram unten in einer breiten Wiesensenke fuhr, inmitten von hüfthohem Gras und mehr als mannshohem Buschwerk. Vor dem Bahnbau hatte da eine regelrechte oder eher regellose Wildnis gewuchert, in einem ziemlich lichtlosen Graben, ungefähr an der Stelle der Schienen ein in regenarmen Epochen austrocknendes Rinnsal.

Durch diese Grabenwildnis hatte ich mich seinerzeit immer wieder durchgeschlagen, mit Vergnügen, auch Abenteuerlust, über das Pflücken der Ebereschenbeeren, Vogelkirschen und wilden Johannisbeeren, all das spezielle Gaumenfreudenquellen, hinaus. Einmal war mir in der tiefen Düsternis, an einer Stelle, wo das Grabengerinne eine episodische Teichhacke bildete, eine Schlange entgegengekommen, eine tiefschwarze, so lange wie schmale, nicht kriechend oder sich schlängelnd, sondern hochaufgereckt, vom Kopf bis zur Körpermitte, phantastisch schnell so dahingleitend im scheinbar Weglosen und schon, weiterhin aufrecht noch im letzten Blick auf sie, elegant abgebogen und unter den dachziegelgroßen Sumpfblättern verschwunden. Kein Züngeln war dabei zu sehen gewesen, andrerseits auch keine Krone auf dem schwarzglänzenden Schlangenkopf, oder doch: in der Vorstellung, da das Tier, durch die ihm zugefallene Wildnis kurvend, als die örtliche Majestät auftrat. Oft und oft habe ich in der Folge die Auftrittsstelle aufgesucht, in der Hoffnung auf wieder den Anblick: jedesmal vergebens. Dafür bekam ich eine (nicht gerade wissenschaftliche) Gewißheit: an dem Ort, an dem eine Schlange einmal so gesehen worden ist, wird sie sich nie wieder blicken lassen.

Daß die Grabenwildnis gerodet, begradigt und überhaupt, auch als Graben, verschwunden war, hing mir, seit dem Anfang der Bauarbeiten, noch nach. Inzwischen aber hatte ich daran, wie an der Haltestelle in der Erdtiefe, Gefallen gefunden: an den lichten, noch baumlosen Grasmatten bergauf und bergab, dem Entwässerungsbach mit den Schilfkolben und den mehr oder weniger wilden Schwertlilien am Ufer, dem künstlich angelegten Fußweg, der als geschotterte Wandertrasse von der einen Hangstraße zu der gegenüberliegenden führte, quer hinauf durch den einstigen Graben, da, wo die Tramstrecke noch unterirdisch war. Wenn es mir um etwas leid tat, so, kurz, für einen Stich, um Ihre Majestät, die schlanke schwarze hochaufgerichtete Schlange im Halbschatten, und vielleicht noch, ohne einen Stich, um die wilden

Johannisbeeren. Wie die Landschaft verändert worden war: auch schön; anders schön.

Jetzt im Durchfahren der Senke zeigten sich draußen, kaum versteckt zwischen Savannenrispen und -gesträuch, drei Rehe, ruhig äsend, in meinen Augen eine Familie, keine da angesiedelte, sondern von sich aus wer weiß aus welcher woanders übriggelassenen Wildnis dazugestoßen in die Trammulde wie in eine größere Sicherheit. Und mir war, vergessen für den Moment sonst alles, als sei ich hier wieder unterwegs zu einem Abendessen, zu einem neuen oder neuartigen, und nicht nur ich – wir alle in dieser Tram.

Als Junger hatte ich eine Art Forscherblick in gleichwelche Straßenbahnschienen gerichtet und so, auf die welken Blätter und insbesondere die Sandkörner dort unten zu Füßen, seltsam oder auch wieder nicht, auf einen fernen Horizont geschaut, über einen Meeresstrand hinaus in eine unbestimmte Freiheit und Zukunft, und solchen Sand, meinte ich jetzt neu in der Tramschiene unterm Waggon knirschen zu hören – mochte auch, als ich, mehr als eine Fahrstunde danach, ausgestiegen an der Endstation, mich über das Gleis beugte, dort nichts als der jungfräuliche Stahl emporstrahlen, befleckt von keinem einzigen jener Sandatome, und nicht einmal von dem Flaum eines Vogelfederflaums.

Erst auf der Höhe des Plateaus, zwischen den Wohn- und dann, mehr und mehr, Büroblöcken, wurde die Tram, nach ihrer Fahrt im Tunnel und dann beinah ebenso lang, durch die hauslose Savanne, zur üblichen Straßenbahn. Und zu der gehörten ab da die Durchsagen quer durch die Waggons. Eine Frauenstimme, vom Band oder von wer weiß was, verkündete die Stationsnamen, psalmodierte diese, mit einem Timbre, dabei so ungekünstelt, anteilnehmend, geradezu warmherzig, daß ich mich in Person angesprochen fühlte. – »Von der Frau oder von der Station?« – »Von beidem.« Und plötzlich erkannte ich die Stimme. Die Frau, zu der sie gehörte, war einmal, lang ist's her, eine meiner im Lauf des Lebens nicht wenigen weiblichen Feinde gewesen. (Nicht gleich von Anfang an.) Eine Schauspielerin war sie zur damaligen Zeit, und wenn sie spielte, ausschließlich in Nebenrollen. (Gab es solche überhaupt?, und, so oder so, war sie damit zufrieden gewesen, fand ihre kleinen Auftritte belebend und erzählte manchmal einleuchtend stolz von ihnen.)

Dann, von einem Tag auf den andern, sah ich mich von ihr gehaßt. Sie beließ es aber nicht dabei. Statt mich von sich wegzustoßen und zu hassen aus der Ferne – sie wußte, wie ich war und daß ich auch so ihren Haß fühlen würde –, rückte sie mir nur noch näher, ließ nicht mehr von mir ab, und schließlich begann sie mich zu verfolgen. Das ging über das nachmitternächtliche Telefonschrillen und dergleichen bald hinaus. Morgens, beim Öffnen des Gartentors, hatte ich mich darauf gefaßt zu machen, daß sie dastand, nicht an der Klingel (die schon lange nicht mehr funktionierte), ein paar Schritte weiter weg im Dunkel der Alleenfichten, und mich von dort her wie schon lange voraus in ihre dickschwarz umränderten Augen gefaßt hatte, ein Bein vor das andre gestellt, anlaufbereit (nur daß sie, das eine Mal als sie dann leibhaftig gegen mich losrannte auf ihren »Bleistiftabsätzen« – kein treffendes Wort – im Kiessand vor dem Tor stracks umgekippt ist; oder war das eine frühere oder spätere aus der Reihe der mir feind, ja todfeind gewordenen Frauen – jene, die mir bei unsrer ersten Begegnung eine rosige Zukunft aus der Hand gelesen hatte, gemeinsam mit ihr? oder vielleicht die, welche, noch bevor wir einander vorgestellt wurden, mich von weitem nur halb im Blick, dazu in einem überfüllten, kaum beleuchteten Saal, so erzählte sie mir nachher, eine gar nicht angenehme, eine beinah unheimliche Unruhe gefühlt hatte? oder etwa die eine, als ich mich nach einer langen Nacht zuguterletzt doch neben ihr fand, mit ihrem Spruch: »Na, endlich!«?)

Ein jedes Mal, wenn in jenen Frauen der Haß ausbrach gegen mich, traf er mich ungefaßt, und ein jedes Mal wieder nahm ich ihn hin als ein Naturgesetz, ein dabei, mir jedenfalls unerklärliches, nicht zu enträtselndes, das zu enträtseln ich außerdem nie im Sinn hatte. Höchstens spielte ich anfangs mit Erklärungen, wie zum Beispiel mit dem Satz aus einer Erzählung Anton Tschechows: »Sie haßte mich, weil ich ein Landschaftsmaler war«, oder indem ich mir vorgaukelte, ich verspräche, durch weißgottwas, und beileibe nicht durch mein Aussehen, »etwas, das ich nicht halten kann, und das niemand halten kann«. In der Folge jedoch keinerlei Interpretationen oder Begründungen mehr; selbst das Spielen mit solchen hatte sich verbraucht. Diese, ja, besonderen Frauen, ganz eigene Geschöpfe – als »Geschöpfe«, so sah ich sie weiterhin, sogar stärker umrissen als zuvor, hatten sie mir, ohne Schwur, und umso brennender, die Feindschaft geschworen, haßten und verfolgten mich, und Haß und Verfolgung würden nimmer aufhören, bis daß der Tod uns schiede, und verstand das nicht allein – ich gab ihnen recht.

Das war dann allerdings in der Tatsachenwelt der Tage und Tage, Nächte und Nächte, Monate und Monate, kein Leben mehr. Die Frau, gleichwelche, setzte alles daran, mich zu hindern. Zu hindern an was? An meinem

Tun ebenso wie an meinem Lassen, am Tagestun wie am zugehörigen Abendwerdenlassen, am Untergehen der Sonne wie am Mondaufgehen. Es war in den alten Zeiten ein anderes Wort für den Satan im Umlauf: »Hinderer«. Solch Frau entpuppte sich jeweils als »der Hinderer«. Vernichten? Verschlingen? Hindern, hindern und wieder hindern: das war es schon. Und wenn ich hier im Erzählen meiner Gewaltvorstellungen die auf die jeweilige solche Frau zielende weggelassen habe, so, weil nirgends sonst mein Totschlagen, sekundenlang, aber wie!, so nah am »Jetzt! Jetzt tu ich's!« war.

Und wiederum keine Erklärung habe ich dafür, daß derartiges Umzingeltwerden, durch die eine Haßfrau, und das Unhörbare und Unsichtbare ein jedes Mal dann, zwar nicht, wie es begonnen hatte, »mit einem Schlag«, aber doch ebenso plötzlich aufhörte. Es war, eines Morgens etwa, als ich vor dem Öffnen des Gartentors wie in den Vormonaten durch das Schlüsselloch Ausschau hielt nach dem Einfrauenheer, um mich auf das Bild dann in der Totale vorzubereiten, damit vorbei. Reine Luft. Aus für immer. Und eine Erklärung gab es nicht einmal im Spiel, selbst nicht mein immer wieder unwillkürliches: »So ist es gedacht.« Es war so. Es war »kein Thema« mehr.

Zugleich war auch die Feindfrau aus der Welt. Keine dieser Feindinnen habe ich je wiedergesehen, auch die nicht gar weit weg lebten und, soviel ich weiß, weiter dort lebten und wohnen blieben, eine gar in der Nachbarschaft; Rätsel über Rätsel. Ziemlich lang ist es her, daß eine nähergekommene Frau über Nacht mir zur Feindin geworden ist. Und manchmal ertappe ich mich dabei, daß ich, im Gedränge der Metro, in den hiesigen Supermärkten, kann sein auch beim Betreten eines Wartezimmers, Ausschau halte nach den Teufelinnen von dazumal, mich gefaßt mache, wie sie da im Wartezimmer, eine alte Nummer von »Paris Match« aufgeblättert, hocken und mich wie die Bösen bei Homer »von unten herauf« anäugen.

Auf der Fahrt mit der Tram über das Ile-de-France-Plateau hörte ich jetzt das erste Mal seit bald Jahrzehnten die Stimme einer derjenigen, immerhin. Wie sie, zu Beginn unserer Bekanntschaft, schnurrte, passend zum Schnurren, dem durch welch neue Technik auch gedämpften, der Straßenbahn. Schnurr weiter, Schnurrerin, schnurr weiter. Leiere weiter, zarte Leier, weiter.

2. DAS ZWEITE SCHWERT

Mit den Anwürfen der Frau, auf der Zeitungsseite, über meine Person hinaus gegen meine Mutter war das etwas anderes gewesen. Nie war ich ihr vorher begegnet, und so blieb es auch nach dem, was bei mir »das Verbrechen« hieß. Heute dafür: ja, von Angesicht zu Angesicht! Obwohl ihrem Geschriebenen damals eine Photographie beigegeben war, hatte ich kein Bild von ihr. Vielleicht auch deswegen, weil mir vorkam, sie sei eine der Myriaden öffentlich agierender Frauen – die Details dazu mag ein jeder sich selber ausdenken –, hatte ich, schon vor der Lektüre, kein Gesicht vor mir, und das wurde nach dem Lesen – eher einem bloßen Überfliegen, mit dem sofort die ganze Seite mich ansprang – nicht anders; einen Ruck eines so unbestimmten wie unbestimmbaren Wiedererkennens gab es nur, als ich dann die Brille abnahm und die Züge im Porträt der Verfasserin unscharf wurden.

Sie würde auch am heutigen Tag kein Gesicht bekommen, nicht einmal mit dem Moment, da ich vor ihr stünde, in Augenhöhe, jedoch in einem wohlbemessenen Abstand, von mir gedacht in ungeraden Schrittzahlen, neun, sieben, fünf, drei ... – und jetzt!

Seit langem, andererseits, hatte ich ihre Adresse. Jahre nach ihrer Missetat war ein Brief von ihr gekommen. Fast unmöglich zu sagen, worum es darin ging, und den, oder überhaupt einen Inhalt zu erzählen, erst recht nicht. Kein Wort jedenfalls zu dem Angriff auf mich – der mich im übrigen kaum beschäftigt, geschweige denn getroffen hatte –, und vor allem nicht zu dem, was da so nebenbei, wie im Vorüberstreichen, dem Andenken meiner heiligen Mutter (ja, zum zweiten Mal wiederholt hier das Wort, und nicht oft genug zu wiederholen) angetan worden war. Im Versuch, während der Tramfahrt jetzt mich an den, mag sein von mir, wenn auch ganz anders erwarteten Brief zu erinnern, schien mir (»dünkte es mich«), als sei es da, auf höflichen Umwegen, um die Einladung zu einem freundschaftlichen öffentlichen Streitgespräch, aus der Ferne, schriftlich, gegangen, und daß sie »privat« (oder stand da ein anderes Wort?) zwischendurch (Wort?) auch mit mir »sympathisiere« (genau das Wort).

Das einzig Unerwartete an dem Brief der Frau war, daß sie ihn weder mit dem Computer noch als sonstige

Drucksache verfertigt hatte, sondern mit der Hand, in Handschrift, als Handschreiberin. Und gerade ihr Handgeschriebenes hatte wohl am meisten mit zu verantworten, daß fast nichts in jenem Brief stand, heute nicht weniger als seinerzeit bei der Entgegennahme: denn die Mehrzahl der Wörter oder Worte, insbesondere derer jeweils gegen Satzende, blieben unleserlich. Nicht allein aus dem Grund, versteht sich (oder auch nicht), war es mir unmöglich, ihr zurückzuschreiben. Aber es zählte. Und was gar nicht zählte: ob »Frauen- oder Männerschrift«: ununterscheidbar. Kaum je war mir solch ein Durcheinander von Buchstaben vor die Augen geraten, ein winziger unentzifferbarer nach einem in die Gegenrichtung torkelnden ebenso unentzifferbaren Riesen und umgekehrt, bei den fahrigsten Kindern nicht und nicht bei den zittrigsten Alten und schon gar nicht bei Sterbenden – mit einer Ausnahme vielleicht: den Schreibversuchen von Blindgeborenen – aber auch mit denen: kein Vergleich.

Nun war ich auf dem Weg, oder einem der Wege, der mehreren möglichen, zu ihr, Name und Adresse im Druck, »fett« oder »mager«, ergab, hinten auf dem in meiner Brusttasche vergilbenden Briefkuvert: Die Frau und ich lebten, und das seit Jahrzehnten, in derselben Ile-de-France, sie nur in einer anderen Himmelsrichtung, der Erstreckung namens »La Grande Couronne«, »Die Große Krone«. Beim Treten aus dem Haus und mehr noch beim Gehen zur Tramstation war mir noch gewesen, als werde ich beobachtet, und zwar von ihr, der Übeltäterin; jetzt in der Zwischenzeit, auf der Fahrt hin zu ihrem Domizil, mit dem im Sinn, was ich im Sinn hatte, aber nicht mehr.

Das kam auch davon, daß ich einer der vielen Tramfahrer geworden war, mich, von Haltestelle zu Haltestelle, ihnen zugehörig wußte, einer von ihnen, einer von uns, im gemeinsamen Übers-Plateau-Fahren, im Zickzack, im Bogen, geradeaus, heimisch. Zugleich hatte ich Tolstoi vor mir, nicht mehr den eher Schwachbeinigen, aufgebrochen zu seiner letzten Wanderung, mit Augen, die sich schon von der Welt verabschiedet haben, sondern den mit dem Stirnschild, dem starken, unbezwingbaren, und ich wünschte mir, ohne Hoffnung auf Erfüllung, und gut so!, ein ebensolches.

Diese Stunde lang, und länger, brauchte ich es auch noch nicht, das Stirnschild, das Tolstoische. Aber wie war das mit der Frau gegenüber im Waggon, die unvermittelt aufsprang und sich von mir wegsetzte? – Ja: sie war über mich erbost, wenn auch nicht, weil ich sie im Auge gehabt, sondern im Gegenteil all die bisherige Fahrtzeit vergessen hatte; erst in ihrem Wegstürmen nahm ich sie wahr; und wie ich dann merkte, ging ihr Aufspringen und Sichwegsetzen weiter; blieb ich nicht der einzige für sie blinde Passagier.

Mit sämtlichen übrigen, ob von Halt zu Halt wechselnden, oder wie ich sitzenbleibenden Plateaustraßenbahnfahrern wußte ich mich dagegen in guter Gesellschaft. Im übrigen seltsam, oder auch nicht, daß ich vom Startbahnhof bis zur Endstation beinah die gleichen Gesichter vor mir hatte. Oder kam mir das nur so vor? (Keine Fragen mehr, oder jedenfalls nicht solche.) Und allesamt waren wir still beschäftigt, und nicht wenige von uns taten dabei als ob, oder sie wußten nicht, was sie taten. Der ohne ein einziges Aufblicken in das Buch auf seinen Knien Vertiefte hielt es verkehrtherum und bewegte dazu nur scheinlesend die Lippen. Der unhörbar dort in das Mobiltelefon flüsterte, schien nicht zu wissen, daß das Gerät, von oben bis unten mit Klebestreifen bandagiert, außer Funktion war, dem Anschein nach schon vor unvordenklichen Zeiten kaputtgegangen. Recht und schön. Laß ihn.

Die meisten in unserm Waggon bewegten mehr oder weniger stumm die Lippen, ein jeder auf seine Weise, ein jeder mit einem anderen Sinn. Der dicklippige Afrikaner, immer wieder innehaltend und aufschauend, hinaus zum Fenster, dann von neuem Ober- und Unterlippe einander sich nähernd, aber ohne Berührung, und wenn einmal, dann so zart, und zarter nicht möglich; wie seit jeher fraglos und seit jeher auch keine Antwort erwartend, ohne ein Bewußtsein überhaupt von Wort wie Sachverhalt »Antwort« und »Antworten«: er betete.

Sein Hinter- oder Vordermann, mit einem ständigen Vorstoßen und Ansichziehen beider Arme, was ihm den Anschein eines Ruderers gab, seine Lippenbewegungen unterstreichend, lachte in den ebenso raschrhythmischen Pausen seiner stummen Suada immer wieder aus voller Kehle, dabei ebenso lautlos, vollkommen lautlos, bis es wieder Zeit und Moment war für Stoßen, Ziehen, Mundaufsperren, Lippenkräuseln, -verziehen, -aufwerfen, -aufeinanderpressen bei gleichzeitigem Kopfschütteln, -nicken und wieder – heftigerem – Geschüttel im Wechsel: er verfluchte so jemanden; er verfluchte da eine Frau, seine Liebe, seine große.

Und dessen Nebenmann wie auch der Nebenmann des Nebenmanns, mit ihrem fast identischen Maulauf und lautloser Maulsperre und ebensolchem Maulzu, mit ihrem, die Münder weit aufgerissen und schon wieder zugeklappt, stummen Lippenchor: sie verhöhnten damit ihre Oberen und Befehlsgeber, von denen sie gerade oder schon seit jeher erniedrigt und beleidigt worden waren als Nieten, als Weicheier, als Verschnarchte, als Anpassungsunfähige (und das in Zeiten wie diesen), als die geborenen Versager, als Eingeknickte schon im Mutterleib – der eine dort vor einer Stunde fristlos entlassen: sie alle verhöhnten mit ihren stummen Lippenbewegungen quer durch den Waggon, vom Vorder- zum Mittel- bis in den hintersten Hintergrund und zu erahnen noch weiter im nächsten Waggon, die, welche ihnen die Existenz absprachen; verhöhnten ihre Scharfrichter nicht nur lautlos, sondern silben- und wortlos, und das würde so bleiben, so ewig sich fortsetzen. Nie bildete und entrang sich – und sei es stumm, wahrnehmbar allein für den jeweiligen armen Ritter – diesen konvulsivisch sich verwerfenden, sich selbst überlassenen Lippen auch nur ein einziges hilfreiches Wort, oder Wörtchen; ein Lebenswörtchen. – »Und woher weißt du das?« – »Ich weiß es. Ich wußte es, dort.«

Und doch schrie dann, brüllte dann einer unvermittelt zum Tramwagenhimmel – und äugte danach gleich um sich: »Hoffentlich hat mich niemand gehört.« Neu zudem, daß nicht nur Männer mit dem einen Schenkel zitterten, sondern auch Frauen. Nicht wenige, ob Frauen oder Männer, ruckelten gleichsam aneinander. (Nein, kein »gleichsam«.) Und allesamt, mich eingeschlossen, hatten, was man einen »verlorenen Scheitel« nennt.

Nicht wenige Kinder saßen in der Bahn. Schon längst waren meine eigenen, wie man sagte, »aus dem Haus«, waren auch keine Kinder mehr, und immer noch, auf dieser Fahrt womöglich, noch sozusagen schallverstärkt, fühlte ich mich gemeint, galt der Ausruf mir, war ich der Vater, der von dem fremden Kind, und wie dringend, gerufen wurde; jedesmal riß es mich.

Eines der Tramkinder musterte mich nur, von weitem. Es suchte meinen Blick, jenseits von Neugier oder Anziehung, blickte auch jetzt und jetzt schnell weg, bevor es sein Augenspiel frisch aufnahm. Es ging, wieder jenseits von dem Kind und mir, dabei um etwas, und ich sah mich verpflichtet, mitzuspielen. Es war das ein Spiel mit unbekannten Kindern, das mir in mittleren Jahren ein besonderes Vergnügen gemacht hatte, denn es handelte sich um Entscheidendes, wenn auch mit »Entscheidung unbestimmt«. Und stets war ich damals der Gewinner. Diesmal jedoch verlor ich. Aus welchem Grund immer wurde der Blick des Kindes finster und verächtlich, wie nur der Blick sehr kleiner, noch sprachloser Kinder, wandte sich, im selben Moment der jähen Verfinsterung und Verachtung, von mir ab und hatte mit einem wie mir unwiderruflich nichts mehr im Sinn; ewig könnte ich es anlächeln – Versöhnung war außer Frage. Ja: Das Kind hatte mich auf der ganzen Fahrt schon verdächtigt, und der eine Blick hatte seinen Verdacht nun bestätigt, ich war entlarvt, und das von einem ein Jahr alten Kind!

Aber, ah!, da war noch ein anderes Kind, ein größeres, das mich, einen Notizblock vor sich, zeichnete, heimlich, mit der Hand das Blatt abschirmend, zeichnete! mich! Noch nie hatte ein Kind mich gezeichnet! Und seinem Stricheln, nach wiederholtem Aufschauen, war zu entnehmen, daß es ihm ernst war mit dem Realisieren; das Kind war offenbar dabei, etwas zu entdecken an mir, dem Modellsitzer, gleich was.

Und dann noch ein Kind, ein Mädchen, fast schon eine Heranwachsende, dabei aber weiter ganz Kind: Es, dieses Kind, das sehr junge Mädchen, war versunken in Betrachtung wieder eines anderen Kindes in der Sitzreihe gegenüber, eines Kleinkinds, welches gestern, oder erst am heutigen Morgen zu gehen gelernt hatte, zwei Schritte nur, und jetzt, auf den Schenkeln des Vaters, dessen Beistand wie unwillig abwehrend, seinen begonnenen Weg fortzusetzen versuchte, einen dritten Schritt und zuletzt, nach langbemessenem Einhalten, wackligtorkelig, hinein ins Ziel der ausgebreiteten Arme des

Mannes, einen vierten. Kleinkindjubel und Beifallklatschen des Erwachsenen, und nicht nur des einen, eine sonst nicht seltene Szene, ein wenig seltener aber in einer fahrenden Straßenbahn.

Was mich anging, so hatte ich von Anfang bis Ende Augen mehr für das Mädchen vis-à-vis gehabt. Sie gehörte zu niemandem im Waggon, war keine Angehörige des Mann-Kleinkind-Paars. Sie fuhr allein. Sie hatte zum ersten Mal die neue Tramstrecke, die über das Ile-de-France-Plateau kreuzfahrende, genommen. Das hier war nicht ihre Gegend, und nicht ihr Land. Sie war eine Fremde. Aber auch in dem Land, aus dem sie eben erst gekommen war, gestern, nein, erst am heutigen Morgen, hatte sie als eine Fremde gelebt, fremd schon in der frühesten Kindheit, ein Fremdes in der eigenen Familie, und schuld daran niemand und nichts, weder Mutter noch Vater noch Land noch Staat – ja, selbst der Staat oder die Staatsform nicht. Einen Unterschied gab es allerdings: War sie, das Mädchen, das Kind, dort schlechterdings »die Fremde« gewesen, und nichts als die Fremde, so erschien sie hier als jemand freundlich Fremder.

Eine sanftere Fremdheit war mir noch nicht begegnet, nicht einmal an manchen jener Unbekannten, die, alt oder auch nicht alt, jede Hoffnung verloren hatten, und ebenso nicht an dem einen oder andern, vermeintlich Wohlbekannten, wenn es mit ihm ans Sterben ging. Das Mädchenkind aber, die sanfte Fremdlingin da: Sie strahlte – kein Funke von Hoffnung, auch nichts von Schicksalsergebenheit und schon gar kein »Ich freue mich auf meinen Tod« –, sie, es strahlte angesichts des anderen Kindes, ein Strahlen, welches weder von den Augen noch dem Gesicht, sondern von seinem ganzen Körper, seinem »Leib« wegstrahlte, von den Schultern, vom Bauch, von den Händen im Schoß. Meine Mutter, erinnerte ich mich nun, hatte mir, aus der eigenen Kindheit von den dörflichen Mutter-Kind-Spielen erzählt, und dabei besonders von der Dorf-Idiotin, der sprechbehinderten, die vor jeder Rollenverteilung – sonst kam ein Mitspielen für sie nicht in Frage – unter dem Dorfmittekirschbaum heraus sich hören ließ mit dem Brüllschrei: »Ibillimutta!« (= *Ich* bin die Mutter!)

Nicht doch: Wie das fremde Mädchen da strahlte, kein offenes Anstrahlen des anderen Kindes, mehr ein stilles Vor-sich-Hinstrahlen, das hatte gar nichts Idiotisches. Oder doch, auch. Solche Idiotinnen, sie leben!

Endstation. Ortsname: tut nichts zur Sache. Irgendwo in der Ile-de-France. Paris unten in der Tiefe des Seine-Tals. Dort, hinab weiter mit der Metro oder dem Bus. In alle die tausend anderen Richtungen nur Busse. Meine lieben Mitfahrer: im Nu mir allesamt fast aus den Augen. Es zog mich, dem und dem, und der und der, mehr oder weniger heimlich, zu folgen, ohne eine Absicht außer vielleicht der, eine Ahnung zu bekommen, wohin, ungefähr, sie weiterfuhren oder -gingen, heimzu oder auch nicht. Mit den Jahren war es mir zu einer Art Sport geworden, dem einen oder der anderen Unbekannten, aus mehr als bloßer Neugier, aus einer Eingebung heraus, und zusätzlich – das Entscheidende dabei! – einem Gefühl von Pflicht, zu folgen, von Metrolinie zu Metrolinie, von den Metropolitanbussen in den Banlieue- und weiter in den Regionalbus, und immer waren das erfüllte Stunden oder halbe Tage geworden, ohne Aktionen oder Konfrontationen, und das im Gedächtnis auch geblieben, stets bereit, sich im Innern mir frisch vorzuerzählen, was dann nichts zu schaffen hatte mit einem Zeitvertreib.

Es waren viele, denen auf den Fersen zu bleiben es mich drängte, und von diesen vielen nahm ein jeder den Weg in eine andere Plateaurichtung. Ich ließ es bleiben, dazu einmal auch frei vom üblichen täglichen Schuldbewußtsein wegen »mangelnder Pflichterfüllung«. So beschwingt war ich weiterhin von der Fahrt.

Und die andere Pflicht, die, derentwegen ich mich überhaupt aufgemacht hatte weg von daheim, die vordringliche, die zugleich lauter denn je zum Himmel schreiende? Bewegte ich mich jetzt zwar nicht in eine klar entgegengesetzte Richtung zu dem Umfeld des Tatorts der an meiner Mutter verübten Worteschurkerei, so in eine falsche, nahm jedenfalls einen Umweg. War es doch mein Plan gewesen, an der Tram-Endstation umzusteigen, in den Bus der Linie So-und-so (dreistellige Zahl), der direkt vor dem Ziel haltmachte. (Bei diesem Gedanken fiel mir, wer weiß warum, der Spruch eines heimischen Bauern ein: an einem Maimorgen am Bachufer das taunasse Gras zu mähen, mit der Sense, das sei »direkt schön!«.)

Unsinn: Ich hatte mir keinerlei Plan ausgedacht oder festgesetzt. Weder mit einem bestimmten Bewegungs- und Ortsplan war ich aufgebrochen noch mit einem sonstigen. Es hatte zu geschehen: So war es in mich eingeschrieben, und das hatte mich auf die Beine gebracht. Andererseits: Ja, stimmt, richtig: Es gab ihn, den einen Plan. Es gibt ihn. Aber dieser Plan ist nicht meiner – nicht mein eigener, von mir selber gemachter, war und ist auch nicht von mir in Person machbar –, um nichts in der Welt! Und allmählich erst, jetzt erst, spürte ich den Plan oder erahnte ihn. Und wußte dazu: daß ich mich erst einmal in eine falsche Richtung bewegte, war Bestand- wie Bauteil des Plans. »Falsche Richtung«: wieder Unsinn. Ich, wir würden sehen.

Eine weite Strecke ging ich dann zu Fuß. – »Und wie verhielt sich das, lieber Freund, mit deinem Vorsatz, an diesem einen, dem besonderen Tag, möglichst nur zu fahren? Oh, deine Vorsätze!« – »Ja, oh, meine Vorsätze, Teil meiner elendig-ewigen Voreiligkeit. Denn da war er nun, der Plan, und alle die Vorsätze, die meinigen, außer Kraft gesetzt.«

Lange war mir nicht bewußt, daß ich ging, und es scherte mich auch kaum, in welche Richtung. Das einzige, was in der folgenden Stunde mich begleitete, beständig sich mir einhämmernd wie eine Weltweisheit, war eine vergessen geglaubte Liedzeile aus der Kindheit: »Mein Hut, der hat drei Ecken, / drei Ecken hat mein Hut, / und hätt' er nicht drei Ecken, / so wär' es nicht mein Hut«; wovon mich dann die Erinnerung an ein Fragment aus den »Gedanken« Blaise Pascals erlöste, bezüglich der »viereckigen Hüte« der Advokaten.

Es waren verschiedene Straßen, auf denen ich ging, durch mehrere Vorstädte (im Umkreis von Resten ehemaliger Dörfer), meist auf Gehsteigen, selten schlichtweg am Straßenrand in den paar trottoirfreien Zonen, wo die Ortschaften anders als üblich geworden ohne Zwischenbereiche ineinander überwechselten. In meiner Vorstellung ging ich dabei stetig an den Fahrbahnrändern, und statt um Häuserecken und Platzkurven, wie es der Wirklichkeit entsprach, geradeaus auf dem freien, nur in der Ferne besiedelten Land, am Rand einer einzigen Überlandstraße, welche in weitgezogenen Asphaltwellen von Unbestimmtheit zu Unbestimmtheit führte. Solange ich so ging, konnte mir und jenen ebenso Unbestimmten, an denen mir lag, nichts geschehen, und was dem oder der anderen angetan werden sollte, würde sich erfüllen. Darüber hinaus stellte ich mir vor, mit diesem meinem Gehen, vor allem der Art, wie ich ging, den Leuten in den Autos ein Beispiel zu geben. Mein Vormichhingehen auf dem eingebildeten Highway – sagt mir nichts gegen solche Einbildungen – würde die jeweils Vier- bis Mehrfachsitzer hinter den Spiegelscheiben anstecken, es, wenn nicht hier und jetzt, so doch eines schönen Tages diesem unbeirrbaren Vor-und-für-sich-Hingeher, egal ob ziellos oder mit Ziel, gleichzutun. Wie ihm die Hose um die Beine flattert und knattert. Wie sein weißes Hemd sich bauscht und rauscht. »Schade bloß« – das sagte wieder ich zu mir –, »daß mein Gehkostüm nicht der Sonntagsanzug meines Großvaters ist oder das Gewand, samt rundem Hut, mit dem einmal die Zimmerleute von Nord nach Süd den Kontinent durchwandert haben.«

Indem mir dann und wann ein Prüfblick in eins der Autos gelang, glaubte ich freilich zu bemerken, daß dort der Anblick des Gehenden, wenn ein Beispiel, eher ein abschreckendes gab; von Lust, auch einmal so unterwegs zu sein, in den starren Augen keine Spur. Als ich dann einmal an mir herabschaute – »mir nichts dir nichts weitergehen, nur jetzt nicht aus der Rolle fallen!« –, merkte ich, daß meine Füße in völlig verschiedenfarbigen Socken steckten. »Und wenn schon: Das gehört zum Spiel. Der Rächer mit den verschiedenfarbigen Socken.« Und der Rückenanblick dieses Gehers am Rand der Großen Straße? Er wirkte, nur anders als getagträumt: ein Auto, ein kleines, nachdem es mich überholt hatte, hielt auf dem Randstreifen oder was ich als solchen phantasierte –, und ein sehr alter Mann bot, aus dem halboffenen Seitenfenster heraus, mit der wie selbsttönenden Stimme eines Menschenfreunds mir das Zusteigen an. Und das Bedauern danach, abgelehnt zu haben, in Gedanken an die Enttäuschung, heftig, in seinen Augen; das war das letzte Mal, daß er einem Fremden den Wagenschlag aufgehalten hatte, er würde überhaupt niemandem mehr für die nächste Zeit einen Gefallen tun.

Schluß auch, was mich betraf, mit solch Überlandgehen: »Das wird das letzte Mal gewesen sein!« Und das Besondere an dem, was, wie es jetzt feststeht, »das letzte Mal gewesen sein wird«: So im Gehen, mittendrin (aber hieß es dabei nicht von Anfang bis Ende »mittendrin«? – Nur nicht spitzfindig werden! – Das ist keine Spitzfindigkeit) – so im Gehen, mittendrin, befiel mich auf einmal ein Hunger, ein wilder, ein gewaltiger, der Hunger »Hunger«, ohne ein faßbares, geschweige denn eßbares Objekt, ein Hunger, der seinen Sitz oder Ausgang, oder was auch, nicht im Bauch und ebenso nicht darunter in den Eingeweiden hatte, sondern oben, an der Stirnhaut – weg mit dem Tolstoischen Stirnschild – unter der Schädeldecke, verzehrend wie je ein Hunger, jedoch zu stillen und gar auf Dauer zu sättigen durch nichts. Und Schritt für Schritt, im weiter und weiter Ausschreiten, hatte das brennende wie vage Hungergefühl doch noch – zwar keinen Gegenstand, aber eine Richtung bekommen, hin zu einem Ort, einem bestimmten.

Mit dem nächsten freien Taxi – ich hätte gegebenenfalls auch ein Hubschraubertaxi gechartert – fuhr ich in die Richtung von Port-Royal-des-Champs, dem aufgelassenen Kloster und dessen Überresten, wo in einem damals wie heute waldigen und sumpfigen schmalen Seitental der südwestlichen Ile-de-France Blaise Pascal (wie, nach ihm, Jean Racine) seine Schulkinderzeit verbracht hat. Alljährlich, und immer im Mai, hatte ich früher den Ort besucht.

Schon lange war ich nicht mehr in Port-Royal-in-den-Feldern gewesen. Und der Monat jetzt war der Mai, die erste Woche im Mai, und der heutige Tag war der richtige. Früher hatte mir vor allem die Gegend dort zugesagt, fast mehr noch der Weg, sehr weit, über die Bachtäler und Plateaus, und am meisten das Fortgehen jeweils, für Momente rückwärts, ein letztes Mal, »und noch ein letztes Mal«. Diesmal hungerte ich nach Port-Royal-de-Pascal.

Der Taxifahrer machte den Sitz neben sich frei, und auf der langen Kreuz-und-Querstrecke, als er von sich erzählte, kam mir seine Stimme auf einmal bekannt vor, und wie ohne mein Zutun nannte ich ihn, in einem Ausruf, beim Namen. Seiner-, d. h. unsererzeit war er ein, vor allem im Radio, vielgehörter Sänger gewesen, weniger wegen der eigenen Lieder – er hatte kaum zwei oder drei, oder überhaupt bloß ein einziges zusammengebracht – als dank der französischen Versionen englischsprachiger Bluessongs und -balladen. Seine Hits, frz. *tubes*, verdankte er einem britischen Sänger, der damals ebenso jung und jetzt, Gott schütze ihn, »Que Dieu le protège!«, ebenso alt wie wir beide, Taxifahrer und Fahrgast, war, unser beider bleibendem Helden, ohne Extraheldentod, Eric Burdon. Von Schlagern oder Liedern, ebenso wie von Gedichten, behielt ich in der Regel höchstens eine oder eine halbe Zeile (ausgenommen, rätselhaft, von der österreichischen Bundeshymne, von der ich eine ganze Strophe auswendig konnte). Den Text von Eric Burdons Ballade »When I Was Young« aber wußte (und weiß) ich von der ersten Zeile bis zur letzten, und konnte ihn, falls ich allein war, sogar singen, wenn nicht mit der »schwärzesten Bluesstimme eines Weißen«, welche dem Eric Burdon nachgesagt worden ist, so doch, bildete ich mir ein, in einem Englisch mit slawischen Untertönen. Aber jetzt, an der Schwelle zu Port-Royal-des-Champs, erscholl das »Als ich jung war« / »Kad Sam Bio Mlad« / »Quand j'étais jeune« im Duo, zusammen mit dem einstigen Radiostar, gleichsam in drei Versionen auf einmal. Das »I believed in fellow men, when I was young« sangen wir im Original, brüllten es unisono.

Wir saßen, das vielgerühmte Scheunendach von Port-Royal als ein bronzener Schimmer hinter den blühenden Kastanien, auf der Terrasse der Herberge namens »Au Chant des Oiseaux«, »Beim Vogelgesang«, die eben zum x-ten Male, »viel Glück!«, neu eröffnet worden war, der Taxifahrer und ich, den ich und der im selben Moment mich eingeladen hatte, die einzigen Gäste, und das nicht erst seit diesem Morgen, der Zigarettenstummel nebenan im Becher sah alt aus. Der Grund des andern, Taxifahrer geworden zu sein auf seine alten Tage, war nicht Geldmangel, das Geld war nicht seine Sorge. Er langweilte sich im Haus, und wie erst in einem großen Garten. Hatte doch schon Pascal, und das im siebzehnten Jahrhundert, die Langeweile mit dem Tod gleichgesetzt, als die schändlichste der Todesarten: ein »Verdorren«. Und außerdem war der ehemalige Liedersänger begeistert vom Fahren, vom Chauffieren: schon damals hatte er, der »Bandleader« oder »Leadsinger«, sich zwischen den Konzerten auf den Chauffeursitz gedrängt. Und besonders trieb es ihn jetzt zum Fahren in dem Bentley (oder was seine Automarke war) durch seine Stammgegend, die Ile-de-France, am Tage und stärker noch in der Nacht. Welche Wonne, das Taxi mit oder ohne den Passagier – der irgendwo vorher ausgestiegen, für das letzte Stück Wegs, nachmitternächtlich zu Fuß nach Hause – bis zur ersten Ahnung von Morgengrauen über die fast leeren Straßen der Departements Essonne, Val-de-Marne, Val-d'Oise zu lenken, kein Mensch zu sehen, und so von Pontoise nach Conflans-Sainte-Honorine, von Meaux nach Guermantes, von Bièvres nach Bourg-la-Reine. – Zum Abschied umarmten wir einander.

Die Anlage von Port-Royal war geöffnet. Aber für geraume Zeit blieb ich der einzige Besucher. Es gab nach meiner langjährigen Erfahrung auch sonst nie viele; zu sehen war ja wenig, und von den Klosterbauten aus der Epoche der Nonnen und ihrer Schüler Pascal und Racine war im Grabental des Rhodon kaum ein Bruchstein geblieben. Nicht doch: Da waren sie, die jahrhundertealten Steinstufen im Steilhang zwischen Klosteranlage unten im Wiesental und Scheunengut oben auf dem Plateau, fast vollständig. Wie jedesmal stieg ich, sie zählend, auf ihnen hinab und hinauf, und wie jedesmal kam ich auf eine andere Zahl. Hatte der Hunger, draußen vor dem Eingangstor noch glühend mitten oben auf der Stirn, sich im inneren Bezirk denn gelegt? Drohte nun nicht gerade da, an seinem Ort, die Pascal'sche Langeweile? Ach nein: der Hunger blieb akut, verstärkt jetzt gar von Ratlosigkeit. »Die Entscheidung naht!« schrie ich in den menschenleeren Gedächtnisparkwald hinein (oder stellte mir das geschrien vor). »Ich brauche Rat!« (Wahr: Das konnte ich nicht leibhaftig geschrien haben: es wäre sonst als Echo von dem Port-Royal-Hang gegenüber zurückgekommen.)

Wohin mich wenden? Wo zeigte sich endlich die, die eine und einzige Rats- oder Orakelstätte, vor der ich sozusagen, kein »sozusagen«!, Aufstellung nehmen könnte?

Wie und wo ich auch auf und ab, in die Kreuz und in die Quer, im Zickzack durch das sozusagen – Schluß mit deinem ewigen »sozusagen«! – heilige Port-Royal-des-Champs-Gefilde stolperte, rutschte, strauchelte, fiel (auf den Hintern oder sonstwohin): nirgends ein: Da-dort-jetzt! Da ist es!

Oft und oft im Leben, wenn ich inständig, zwar nicht verzweifelt, jedoch nah dran (verzweifelt ist verzweifelt und heißt »tot« – und was meint hier »nah dran«?) nach etwas gesucht hatte und gerade dabei war, die Suche endgültig aufzugeben, war ich, und immer unversehens, fündig geworden; ohne daß freilich darauf ein Verlaß war; von Welt- oder Seinsvertrauen keine Rede!

So kam es auch an diesem Tag. In einem der hintersten Winkel des Geländes – von einem Gefilde kein Schimmer oder Nachglanz –, verfangen in einem unabsehbaren Brombeerdorngestrüpp, fand ich mich nach wie endlosen Entwirrversuchen, siehe oben, unversehens, nach einem letzten Knieheben, vor etwas, das wohl vor Zeiten eine Lichtung gewesen war, inzwischen fast zugewachsen, bis auf den verlandenden Rest eines Weihers und das Bruststück einer Ufermauer. Das Ganze, die Totale nahm ich freilich erst in der Folge wahr: was mir zuallererst ins Auge fiel, war, auch das wie oft, ein Detail.

In einen der Mauersteine war, wie mit einem Nagel oder sonst einem zur Hand seienden Werkzeug, eine Schrift, in Großbuchstaben, geritzt, nein, keine jahrhundertealte, aber auch, obwohl sie wirkte, als sei sie vor kurzem erst geschrieben, keine aus der, meiner, unserer Gegenwart. Und schon war die Inschrift im Stein gelesen, da war nichts zu entziffern: HEUTE ACHTEN MAI 1945 – LÄUTEN DIE GLOCKEN DEN SIEG (*übersetzt aus dem Französischen*).

Da war sie, die Stelle. Jetzt hatte ich ihn, meinen Platz, meinen Jetztplatz! Endlich war ich wirklich nach Port-Royal zurückgekehrt. »Danke für die Rückkehr.« Ein Rabe in einem Eichwipfel schrie zur Begrüßung und machte dazu Bücklinge. Und ein einmaliges Brausen ging durch das Maienlaub.

Ich ließ mich am Ufer nieder, mit Blick auf die vereinzelten moorschwarzen Wasseraugen und dazwischen, halb im Sumpfschlamm versunken eine wie rhythmische Linie, als seien das Überbleibsel von Pfählen, ebenso moorschwarzer, gleichsam verkohlter Baumstümpfe. Diese letzteren, anders als die Kriegsendeschrift, ragten auf wie aus der Tiefe der Jahrhunderte, wie kiesel- oder feuersteinhart, erinnernd an die Pfähle, die schiffbaren Strecken bezeichnend, in der venezianischen Lagune, und, so beschloß ich es, der junge Blaise Pascal, schon das Schulkind in Port-Royal, hatte sie vor Augen gehabt, noch als ganze, und fern vom jetzigen Kohlschwarz. Woher wohl an jenem 8. Mai 1945 das Kirchglockenläuten gekommen war, welches dem Tal des Rhodon und darüber dem Plateau der Ile-de-France vom endlichen Zunichtesein des Dritten Reichs gekündet hatte? Das konnten nur die Glocken, zwei? drei? der Kirche von Saint-Lambert, weiter flußab im Tal, gewesen sein; wo auf dem Friedhof die als ketzerisch verschrienen Klosterfrauen, Pascals Lehrerinnen, verscharrt lagen in einem Massengrab.

Zu meinen Füßen, halb im Schlamm, ein verwitterter Bleistift, und ihm anliegend, »ja was ist denn das jetzt?«, eine rostfleckige Nähnadel. (Fehlte bloß das obligate dritte Ding – laß es fehlen!) Hatte es zur Zeit Pascals schon Bleistifte, überhaupt Stifte gegeben? Ich beschloß: ja. Der Stift schrieb, und ich steckte ihn ein. Und die Nähnadel? Rost hin oder her: Sie stach. Zu dem Bleistift gesteckt, an einen sicheren Ort.

Unwillkürlich griff ich in den Leinensack nach meiner kleinen, um vieles verkürzten Ausgabe der »Gedanken«-Fragmente. Aber hatte ich nicht für den Tag eigens nichts Buchähnliches dabei? Recht so. Ich war erleichtert. Ich schloß die Augen, und es war, als hörte ich zugleich auch kaum etwas mehr, es sei denn einen fernen Wind, nicht den von hier oben auf dem Plateau, sondern von tief unten, aus dem Tal der verschwundenen Port-Royal-Abtei, einen Talwind. »Schließ die Pforten deiner Sinne!« – »Sie sind geschlossen.«

Zu bedenken: Wären die Juristen ohne ihr viereckiges Barett und ohne ihren vierteiligen Talar, könnten sie die Welt nicht täuschen. Aber solch einem Spektakel kann diese nicht widerstehen. Hätten sie wahrhaftig das Recht auf ihrer Seite, so müßten sie keine Juristenhüte tragen. Die Erhabenheit ihrer Wissenschaft wäre Autorität genug. Doch da ihre Wissenschaft eine bloß eingebildete ist, muß der Weg der Rechtsherren jener der Einbildungskraft sein, wodurch sie dann tatsächlich Autorität ausüben. Alle Autoritäten sind verkleidet. Nur die Könige seinerzeit haben keine Verkleidung nötig gehabt. Sie haben sich nicht mit einem besonderen Gewand maskiert, um als die Mächtigen, als die Macht in Person zu erscheinen. Jener König Ludwig, nicht der Vierzehnte, und schon gar nicht der Fünfzehnte; der viel frühere Ludwig, König, Kreuzfahrer, trug fast immer ein graugrünes Wams, unauffälliger als der unterste Page, und auf dem Kopf hatte er, wenn überhaupt was, eine mit seinen Haaren zu verwechselnde Stoffmütze unbestimmbarer Farbe, oder war die Mütze, dem jungen Ludwig dem Elften tat ja oft der Schädel weh, eine wollene, gestrickt von seiner hochgeliebten Margareta von Navarra?

Nur sind die Könige der Vorzeit ausgestorben, und wir anderen haben die Verkleidungen und Einbildungen nötig. Und die Einbildung ist es, und nicht die Vernunft, die den Anschein von Schönheit, von Glück und Gerechtigkeit hervorbringt. Ja, »Einbildung Gerechtigkeit«, um die geht es hier und heute, was schert es mich, ob dabei das Recht, das kodifizierte, auf meiner Seite ist. In meiner Einbildung jetzt gibt's keine Gerechtigkeit mehr auf Erden ohne Gewalt, und von daher das Recht des Schwertes, gegen das scheinbar höchste Recht, welches die höchste Ungerechtigkeit ist, nicht nur im Fall »Meine Mutter«. Summum ius, summa iniuria. Recht des Schwertes: wahrhaftes Recht! Die Übeltäterin, sie ist eine von denen jenseits des Flusses. Wäre sie eine von dieser Seite, so wäre es nicht gerecht, sie zu strafen, und der Über-Übeltäter wäre ich. Doch da ich mir einbilde, sie lebe auf der anderen Seite des Wassers, ist es höchste Gerechtigkeit, sie, so oder so, zu töten. Gäb's noch ein Königreich, das von mir wüßte: Ah, *sein* Amt, nicht meines. Aber wo sind sie, die Königreiche, die von mir wissen?

Ich war darüber längst hinterrücks von dem Mauerrest ins Gras gerutscht und lag da. Und dann mußte ich eingeschlafen sein. Ich träumte. Der Traum war einer, wie ich seit meinen jungen Jahren keinen mehr geträumt hatte: Ich erlebte ihn als etwas so Wirkliches wie die Wirklichkeit im Wachzustand, auch des äußersten Wachseins, kaum je, es sei denn in Momenten von Erschütterung, durch und durch gehender. Was da vorging, war anfangs die Wiederholung dessen, was einst zwischen meiner Mutter und mir tatsächlich geschehen war. Wie, auf welche Art freilich das Geschehen in dem Traum sich wiederholte! Wie ... wie ... – unvergleichlich wirklich. Aus heiterem Himmel, so kommt es mir bei der Niederschrift jener Mutter-Sohn-Szene wenigstens vor, in der oft friedlichen, wenn nicht innigen, ja, Häuslichkeit zwischen uns beiden, hatte der Heranwachsende sie, die noch nicht Vierzigjährige, immer noch die Dorf- und bei Bedarf auch Stadtschönheit, gefragt, warum sie nicht, auf irgendeine Weise, nein ihre eigene, gegen das Verbrecherreich Widerstand geleistet habe. Das kam als Frage, war dabei ein Anwurf, ein jäher, heftiger, einmal wohl aus Mutwillen, vor allem aber aus meiner Unfaßbarkeit und bis jetzt andauernden Wut. Ich hätte auch jemand anderen in der Familie und über diese hinaus anfahren können. Nur wußte ich niemanden, und all meine Ausbrüche hatten, damals zumindest, allein meine unschuldige Mutter zum Opfer. Sie antwortete nicht, rang nur stumm die Hände. Und dann weinte sie, wortlos, wimmerte, schluchzte vor ihrem Möchtegern-Richter. Und ihr Schluchzen wird niemals aufgehört haben.

Bis dahin wurde die Szene im Traum tatsachengetreu wiederholt, bloß daß ich sie wie in Supercinemascope sah, ohne mich, allein meine Mutter auf der Traumleinwand, in Riesengroßaufnahme. Ab da jedoch, nach einem Moment Schwarzfilm, von neuem das Muttergesicht, womöglich noch monumentaler; planetgroß: das Gesicht der Mutter im, nein, nach dem Tod, alterslos und auf eine Weise lebendig wie nie zuvor. Es war sie, meine Mutter, und es war eine Fremde, eine furchtbare. Oder umgekehrt: Da starrte mich eine furchtbare Fremde an, aus einem einzigen weit offenen Auge, das andere wie verschwunden in einer Geschwulst, und das war meine Mutter. Als Kind, erzählte sie mir einmal, von einer Hornisse in die Stirn, zwischen die Augen gestochen, war sie eine ganze Woche blind gewesen. Das Gesicht jetzt hatte keinen Hintergrund, war eingeschlossen von einem tiefen Schwarz, aus dem es kalkweiß herausleuchtete. In wieder einer Erzählung aus ihrer Kindheit war sie einen Tag und eine Nacht lang, bei der Suche nach einem verirrten Kalb, in einem Dornbusch gefangen gewesen.

Das Muttertraumgesicht war nicht mehr jenes der Erzählerin, wie die in der Regel mitten in den ernstesten und herzzerreißenden Familiengeschichten mit einem Detail aufwartete, bei dem der Zuhörer etwas zu lachen hatte, wobei dann die Mutter, nach ihrer Art zwischen Verschämtheit und Urheberstolz, mitkicherte. »Erzählerin – Säerin« (Umlaut »a«): damit war es, sagte der Traum, aus für immer. Das Gesicht da war das einer Rächerin. Es schrie, auch wenn traumlang kein Wort kam, nichts als das Auge, welches mich anflammte, nach Rache.

Zu ihren Lebzeiten, und das schon lange, bevor sie von Schwermut befallen wurde, hatte ich ständig, und immer grundlos, für nichts und noch einmal nichts, Angst um die Mutter gehabt. Jetzt hatte ich erstmals Angst vor ihr. Die Rache galt nämlich mir, ihrem Sohn. Rache zu nehmen war an mir, einzig und allein an mir. Und die Rache war bereits genommen. Das Erscheinen dieses Gesichts, jählings vorgestoßen aus dem schwärzesten Schwarz, tränenlos und auf ewig ausgeweint, das war schon der Racheakt. Und der Grund? Wieder eine der dummen Fragen, die man sich stellte nach dem Aufwachen. Im Traum war es messerschneidenklar: diese Rächerin brauchte keinen Grund. Es war, wie es war.

Andrerseits blieb einem in solch einem Traum, wo nichts sich tat und nur das Gesicht stumm sagte, was es zu sagen hatte, keine andre Wahl, als auf der Stelle aufzuwachen. Und dann nichts wie weg von dem Ort mit der historischen und immer noch, mehr als sieben Jahrzehnte nach dem Einritzen in den Stein, jüngsthistorischen Inschrift vom Glockenläuten bei Weltkriegsende – weggeflüchtet, von der Historie hin zur Gegenwart, und das hieß auch, und vor allem, hin zur Gegenwart Blaise Pascals. Zu seinem Raum im Museum? Nein, hin zum Scheunendach, über Stock und über Stein.

Dort fand ich dann, unter blühendem Holunder, eine Bank; die Scheune – seit langem nur noch für Theateraufführungen und Konzerte bestimmt – im Rücken. Zwar ging der Blick hinab ins Tal, aber von der Klosteranlage, der Kapelle, dem Taubenturm war nichts zu sehen; das Mailaub verdeckte, von da, wo ich saß, jedes Bauwerk, unsichtbar die hundertsoundsoviel Steinstufen im Hang, rein die Natur mir vor Augen. Und so war es auch gedacht. Im Wechsel geradeaus geschaut auf die fingerspitzennahen, vom Mainachmittagswind in einem fort hin und her und auf und nieder geschwenkten zartestweißen Holunderblütendolden und hinauf über die Spitze dieser Naturpagode himmelwärts. Audienzzeit. Still warten. Und dann war es soweit.

Wahr, Freund: Im letzten Jahrhundert war ein Weltuntergang, waren gleich mehrere Weltuntergänge. Und so, jeweils auf verschiedene Weisen, war's auch in allen den Menschenjahrhunderten davor.

Aber genug von solchen und solchen Weltuntergängen. Zurück zu einem meiner Zentralworte, der »Einbildung«: Jetzt würde ich an die Stelle dieses Wortes ein anderes setzen: den »Schein«. – Ein überaus vieldeutiges Wort im Deutschen, im aufwertenden Sinn und, vor allem, im abwertenden. – Mir geht es allein um den einen, den einzig aufwertenden, jenen, hör doch!, besonderen, den, zugehört!, lebensnotwendigen Zusatz stiftenden Sinn des Worts »Schein«, den Schein als Zusatz. Mit anderen Worten: »Licht«? »Glanz«? »Schimmer«? »Halo«? »Glorie«, himmlische? irdische? – Mir ist es ernst, Freund, bleib ernst so auch du, so ernst wie du bist – gerade du. Denn unser beider Ernst soll Teil werden des Redens vom zusätzlichen Schein. Also: der Schein, der, den ich meine, ist der Schein, und er ist durch kein anderes Wort zu ersetzen. Schein ist nicht »Einbildung«, und er wird auch nicht hervorgerufen von der »Einbildungskraft«, aus dem Nichts. Der Schein, er ist für sich, und von sich aus, Materie; ist Stoff; Urstoff, Stoff der Stoffe. Und die Materie des Scheins ist unerforschlich, zu erforschen von keiner der Wissenschaften, auch nicht zu bemessen nach Länge, Breite, Höhe und Volumen mit der Mathematik, der hellsten der Wissenschaften, und der falschesten – dabei doch die meine, meine erste ... Ja, erforschen, was zu erforschen ist, und das Unerforschliche schweigend verehren. – Der Schein das Geheimnis des Schönen? – Jetzt nur nichts vom »Schönen«! Weg mit dem Wort, und Schluß mit der Schönheit, ob in Anführungszeichen oder ohne. Nicht das Schöne ist des Schrecklichen Anfang, sondern das Suchen danach, das Ausschauhalten, das Hinhorchen, das Gieren nach der Schönheit, das ihrer Habhaft-werden-Wollen. Kein falscheres Bedürfnis als das nach dem Schönen! Alles Elend der Welt rührt daher, daß die Menschen außerstande sind, die Ammenmärchen von der Schönheit zu vergessen. Alle die Wüsteneien und Badlands der Schönheit. Dagegen die Quellen, Bäche, Ströme und Meere des Scheins! Pazifik des Scheins. Ohne Schein: ich und mein Nichts. Der Schein, das Leben. Wir sind eingeschifft. Nous sommes embarqués! – Aber hast du nicht, seit den Kindertagen hier in Port-Royal, alles darangesetzt, »Nichts«, »mein Nichts«, »der Schwache« zu sein? Erinnere dich: »Beim Niederschreiben meines Gedankens entwischt mir der manchmal, doch das erinnert mich an meine Schwachheit, die ich stets vergesse, und das ist mir eine ebensolche Lehre wie mein vergessener Gedanke, denn es geht mir allein darum, mein Nichts zu kennen.« –

He, schau doch: die weiße Wolke am Horizont, genau wie die auf dem Bild Poussins, auf der Gottvater bäuchlings liegt bei der Erschaffung des Paradieses. Und am Horizont vis-à-vis die andere Maiwolkenstrecke, weißer nicht möglich, ein Riesenacker im Himmel, gefurcht von einem leichten Muster wie frischgeeggt. Gibt es noch Eggen in der Landwirtschaft, ob gezogen von Ochsen, Pferden oder Traktoren? – Es gibt sie.

Es traf sich, daß ich dann mit einem zweiten Besucher von Port-Royal-des-Champs zusammenkam; einem, den ich nie an diesem Ort erwartet hätte. Wie manchmal die Stimmen der Bahnhofsdurchsagen, freilich leiser und auch persönlicher als diese, traf mich plötzlich, von seitlich oben herab, eine unbekannte Stimme, und, wieder zum Unterschied von den Lautsprechern, eine, die fragte: »Darf ich mich zu Ihnen setzen?« Indem ich aufblickte, fand ich neben mir vor der Bank, ohne Abstand, eine vertraute Gestalt, so still, als stehe sie schon länger da. Diese trat nun einen Schritt zurück und ließ sich von mir betrachten, bis ich den Mann endlich erkannte.

Es war einer aus meiner Gegend, nicht aus der unmittelbaren Nachbarschaft. Er wohnte ein paar Seitenstraßen weg. Trotzdem sah ich ihn oft, in der Regel von weitem, sooft er, am frühen Abend, aus dem Bahnhof trat und sich auf den Weg zu Haus oder Apartment machte, und ich auf der Terrasse des »3 Gares« den Tag ausklingen (oder überhaupt erst anklingen) ließ. Wie ohne Augen für irgendwen oder -was stolzierte er schnurstracks über den Platz, und ein jedesmal dachte ich: »Wieder ein Würdenträger.« Vom Wirt, welcher sämtliche Bewohner des Quartiers kannte, erfuhr ich, daß er Richter war, Strafrichter, am Tribunal im nahen Versailles, eher für kleine Fälle; früher wäre sein Titel wohl »Schnellrichter« oder »Polizeirichter« gewesen. Es kam auch vor, daß sich unsere Wege kreuzten, oder ich kreuzte eher mit Absicht den seinen, ihm momentlang übernah, wobei er dann nicht umhin konnte, mich wahrzunehmen, mit jenem schnellen Blickstreifen des »Was will denn der?«, so wie mein Bruder, als ich mich damals, die Mutter im Rücken, ihm in den Weg stellte, mich abtat mit einem verächtlichen »Was willst denn du?«

Keine Frage: der sich jetzt ganz selbstverständlich zu mir unter den blühenden Holunderstrauch setzte, das war derselbe Mensch, dem ich in unserer heimischen Umgebung manchesmal versucht gewesen war, einen Fußtritt zu versetzen. Ganz Staunen war er, mich in der Abgeschiedenheit von Port-Royal-des-Champs anzutreffen, und mir erging es ebenso. Ich staunte und freute mich, wie auch er.

Wer dann redete, das war allein er. Er war mit dem Fahrrad gekommen, wie fast an jedem Wochenende, eine Tagesfahrt hin und zurück. Auch seines anderen Aufzugs wegen hatte ich ihn erst nicht erkannt, nichts eigens Sportliches, ein ausgedienter Anzug eher, mit einer an einem Hosenbein vergessenen Fahrradklammer. Vor allem das Ziegeldach der Scheune von Port-Royal hatte es dem Richter angetan, er würde sich an dem gelborangen Abglanz nie und nimmer sattsehen können, als Kind seinerzeit sei er Stunden um Stunden am Rand einer riesigen Ziegelgrube gehockt, und der Blick von damals in die Tiefe sei dann, wie umgestülpt, an dem Port-Royal-Dach einer in die Höhe geworden; für seine Pensionszeit habe er ein kleines Haus in Buloyer, dem Nachbardorf, erworben, aus dem obersten Fenster mit freiem Blick westwärts auf das Scheunendach von Port-Royal. Außerdem sei das hier eine der besten Pilzgegenden der ganzen Ile-de-France, obwohl er heute noch nichts Rechtes gefunden habe, es sei wohl schon zu spät für Morcheln, und auch zu früh für die einzigartigen, die ohne einen üblichen Pilzgeschmack einfach nur »mundenden«, außerdem – wissenschaftlich erwiesen – herzkranzgefäßstärkenden Mairitterlinge. Wobei er mir seinen eher leeren Rundhut vorwies, worauf ich ihn, im Gegenzug, hinwies auf ein ganzes reinweißes vielköpfiges Heer der von ihm, und mit welcher Zustimmung von meiner Seite, gepriesenen Mai-Ritter, aus dem Halbdunkel eines Ahorn hervorblinkend. Ich hatte sie schon gleich im Auge gehabt, doch war es gegen die Abmachung, meine mit mir selber, gewesen, an diesem Tag mich auf meine üblichen Narreteien einzulassen.

Die Schätze eingesammelt in den Hut, setzte der Richter sich wieder zu mir, aber was er dann weiterredete, war mehr Selbstgespräch. Es war, als existiere ich nicht für ihn, wenn auch in einem anderen Sinn als bei unserem Kreuzen auf dem angestammten Bahnplatz: »Wie sind mir die Strafsprüche zuwider. Richter: unmöglicher Beruf. Eine einzige Anmaßung. Luzifer war dagegen in der Tat der Lichtbringer. Nie wieder Richter. Eine eigene Hölle für uns Richter. Aber eine, eine einzige aller vom Gesetz vorgeschriebenen Strafen spräche ich inzwischen mit Überzeugung aus, mit Einsicht in ihre Notwendigkeit, in ihre Dringlichkeit gerade heute, als ein Mittel der Abschreckung. Und das ist die Strafe für den Rechtsmißbrauch, ein Delikt, für das kaum je einer der Übeltäter mehr zur Verantwortung gezogen, geschweige denn bestraft wird. Dabei sind in meinen Augen die, welche ihre Rechte mißbrauchen, heutigentags unter all den Gesetzesübertretern und -verletzern nicht bloß die Mehrheit, sondern sie tun auch den andern, denen sie, und zwar in einem fort, Tag um Tag, mit ihrem Recht kommen und dieses ihr Recht – und das ist der Rechtsmißbrauch! – ohne Not, Grund und Sinn, allein aus Mutwillen exerzieren – sie, die Rechtsmißbraucher, sie tun den anderen, ihren Opfern, Unheil um Unheil, Weh um Weh, Unrecht um Unrecht an. Eine eigene Religion ist der Rechtsmißbrauch geworden, eine götzenhafte, vielleicht die letzte: das Ausspielen und Übertreiben der eigenen Rechte gegen den nebenan als Existenzbeweis. Ich schlage um mich mit meinen Rechten, also bin ich. Und nur so bin ich. Und nur so sind sie und spüren sie sich, diese straflosen Verletzer des Gesetzes vom Rechtsmißbrauch. Gesetzesverletzer? Gesetzestöter! Und Töter nicht nur des einen Gesetzes. Eigene Gefängnisse errichten für diese modernen Tätertypen. Und dann abwarten, wie das wird, wenn die dort einsitzenden Verbrecher von Zelle zu Zelle, von Morgen bis Mitternacht mit ihren gezinkten Rechten pokern. Ahoi! – Rechtsmißbrauch; einziges Delikt nicht nur unverjährbar, sondern auch ohne jeden Milderungsgrund! Aber nicht bloß in diesen Fällen gibt es keine Gesellschaft mehr. Es existiert keine allgemeine Übereinkunft mehr, und schon gar keine volonté générale. Vielleicht hat es die nie gegeben, aber das Wort ist Fleisch geworden und hat unter und über uns gewirkt. Keine Gesellschaft mehr. Doch vielleicht kommt so die große Befreiung.«

Allmählich kam der Richter dann wieder zu sich, obwohl in seinem Innern, nach den Lippenbewegungen zu schließen, Rechtsbelehrungen sich fortsetzten. Zuletzt schlug er mit der Handkante auf die Bank, wie um eine Konzertprobe abzuklopfen, und lachte mich an, über sein ganzes Gesicht: weil ihm ein Spaß, sein spezieller, gelungen war oder weil er sich etwas von der Seele geredet hatte? Ungewiß. So oder so, saßen wir noch eine Zeitlang nebeneinander, er den Kopf zurückgewendet hinauf zum Scheunendach, ich mit den in einem fort herabrieselnden Holunderblüten vor mir. Kein Wort mehr zwischen uns zweien Und doch verband es uns, daß wir einander gerade hier, im Unvorhergesehenen, begegnet waren, und das würde von Dauer sein.

Meine Augenblicksidee: Ob Vergleichbares etwa angesichts der zufällig in diesem Weltwinkel kreuzenden Verleumderin meiner Mutter sich ereignet hätte? Aufeinanderzugehen, Versöhnung? Nicht doch! So etwas kam nicht in Frage, nie und nirgends. Aber es wäre hier auch zu keinem Akt der Rache gekommen, nicht hier: der Ort war tabu, ein Asylort, und nicht weil es sich um das besondere Port-Royal-des-Champs handelte, sondern weil es sich getroffen hätte, daß die Frau und ich einander da ohne Plan gegenübergestanden wären.

Zum Abschied und »Auf Wiedersehen!« wollte ich den Richter überraschen, indem ich, wie wir das als Dorfkinder einst gelernt hatten, in einen hohlen Löwenzahnstengel blies und einen langgezogenen tiefen Ton, eher ein bloßes Schnarren hervorbrachte. Es war dann freilich er, der mich überraschte. Er pflückte gleich mehrere solcher Stengel, von verschiedener Dicke, bündelte sie, nahm sie zwischen seine Richterlippen, und siehe, nein höre, erscholl es wie von einer vielstimmigen Fanfare, untermischt mit dem Klang eines Dudelsacks, nein, nicht dieses Wort, einer *cornemuse*, und dem Grundton eines Stierhorns: ein paar Momente einer Musik, wie ich und, so beschloß ich wiederum, überhaupt die Welt sie noch niemals zu Ohren bekommen hatte.

Zuletzt wieder der Richter, mit einer wie kraft des Musizierens besänftigten Stimme: »Und doch: Es lebe das Recht! Ja, das Recht als Vergnügen, ein spezielles, zu finden zum Beispiel in den Augen der Kinder: Sie richten nicht – sie entscheiden. Die Vierte Macht. Nur: Wer setzt diese ein?« Und nach einer Pause: »Schauen Sie: Das Dachziegelmuster der alten Scheune dort als die Andere Weltkarte!« Und nach wieder einer Pause, mit einem Blick auf mich, als wüßte er alles: »Sie haben ein ernstes Vorhaben. Meine Wünsche mögen Sie begleiten.«

Zuallerletzt geriet der Richter gar ins Stammeln, was aber mein Vertrauen zu ihm noch verstärkte, wie seit jeher bei Stammlern. Und eins seiner wenigen verständlichen Worte war dann: »Ich bin ein Waise!« (Je suis un orphelin!«)

Im Verlassen von Port-Royal – wieder ein kleines Rückwärtsgehen – hatte ich das Bedürfnis, dem Licht hinter den Bäumen etwas zu versprechen, ich wußte nur nicht, was.

Unterwegs auf dem Waldsaumweg, ostwärts, zum Bushalt, befiel mich, aus dem mehr oder weniger heiteren Himmel, die Zeitnot. Tagtäglich hatte ich es mit der zu tun, und immer kam sie ohne irgendeine Ursache, hinterrücks. In der Regel streifte sie mich bloß und gab mich im Handumdrehen wieder frei, weggehext vom Gegenzauber der Vernunft. Auch an diesem Tag jetzt versuchte ich es mit der – »es ist doch noch genug Zeit bis zum Abend, und außerdem wird es im Mai spät Nacht« –, aber die Zeitnot hielt mich weiter im Griff, vor allem an der Gurgel. Die Zeitnot war Atemnot, eine spezielle, und es half da nichts, daß die Vernunft mich damit zu beruhigen versuchte, die Not sei von mir halluziniert, unter anderm durch die Vorstellung, ich bewegte mich auf den Osten und auf die Finsternis zu.

Solche Zeitnot – auch heute, wie jedesmal, aufgetreten vor der jäh wie unerreichbar dünkenden Schwelle zum späten Nachmittag – zog sonst, obwohl als Not oder Klemme sofort wieder gegenstandslos, gleichwohl nach sich eine einmal kürzere, einmal längere Zeit- wie Wegstrecke der Menschenscheu. So war es auch diesmal. Nur daß meine, im Wortsinn, chronische, d.h. ephemere, »zeitweise« Menschenscheu auf dem von einem Schritt zum nächsten ganz sinnlos eilig gewordenen, wie gehetzten Weg zur Busstation in Menschenhaß umsprang, zu einer Menschenfeindschaft, welche eine Todfeindschaft war, und gegen die kam die Vernunft, die meinige, wieder einmal nicht an, auch wenn sie mir alle paar Eilschritte von neuem soufflierte, meine Mordswut würde sich, sowie mir auch nur ein einziger Mensch in Fleisch und Blut begegnete, gleichwelchen Bluts und Fleisches, selbst einem Bösen in Person, flugs rückverwandeln in meine übliche nachmittägliche Menschenscheu, wo ich vor dem andern, ohne einen Blick für ihn, den Kopf senkte oder zur Seite wendete. »Warte nur bis zum ersten Wegmitbenutzer: Du wirst ihm im stillen sogleich deinen Haß abbitten, auch wenn er drei Pitbulls spazierenführt.«

Es begegnete mir, dem von der Zeitnot Betroffenen, auf dem ganzen Weg niemand. Und das war mir recht. Ich genoß sie geradezu, meine Rage und meine Menschenfeindschaft. Auch, und vor allem, verschwand so die Zeitnot. In dem Wald nebenan mußte ein Schießstand sein, denn in Abständen ließ sich hinter den Bäumen ein dumpfes Bolzenknallen hören. Pfeile sirrten und vibrierten sonor auf Schießscheiben, oder, weniger sonor, daneben. Armbrüste ließen es zischen und rumsen. Und wer da schoß, das war jeweils ich; ich, ich und noch einmal ich. Und die Kindersteinschleuder dort am Wegrand, zwar arg zerfleddert, das war die meine. Sie neugespannt! Ein Jammer nur, ewig schade, daß dieser Menschenfeindweg so kurz war, kaum ein Dutzend Bogenschuß- oder höchstens zwei Dutzend Steinwurflängen weit.

Andrerseits, je triumphaler das Hochgefühl – Todfeind des gesamten Menschengeschlechts –, desto mulmiger wurde mir zumute. Unheimlichkeit, daß ich so gar nichts wußte vom aktuellen Zustand der Welt. Es war eine Tatsache, daß ich nicht bloß ein schlechtes Gewissen hatte, seit dem Morgen und inzwischen fast taglang uninformiert zu sein, sondern darüber hinaus mein Ignorieren der Informationen, gleich welchen, als Verantwortungslosigkeit und als eine Schuld, eine schwere, ansah. Warum hatte ich mich nicht interessiert für die aktuellen Katastrophen, Massenmorde, Attentate? Wie, wenn die Welt gar nicht mehr steht? Und das hier ist bloßer Nachschein? Und schau jetzt: die Plakatwände an der Abzweigung zum Bushalt lang wie das halbe Dorf aufgestellt für die Europawahlen, und ohne ein einziges Plakatgesicht, die ganze Wand leer! – Aber da: ein Maikäfer unter dem Kirschbaum auf dem Gehsteig, fast daumengroß, mit dem hellen Sägezahnmuster seitlich am Panzer, tot, in der Maiennacht erfroren, und da: noch einer, und der da krabbelt, lebt! Sie sind demnach nicht, wie behauptet, ausgestorben, die Maikäfer. Information! Gute Nachricht!

Warten auf den Bus in einer fensterlosen Betonkabine an wieder einer Ile-de-France-Landstraße, außerhalb des Dorfs. Ein junges Paar stand dort, stumm, der Mann mit hängenden Armen, die Frau einen kleinen Schritt vor ihm, ohne Körperberührung, nur daß sie ihm immerzu mit den Fingern einer Hand von oben nach unten über den Rücken fuhr. So eine Geste war mir neu, kein Streicheln jedenfalls war das. Oder vielleicht doch, und diese Art des Streichelns hätte sich eingebürgert in der Welt, und nicht bloß der westlichen, während meines Schlafens und Träumens in der Pascalschen Abgeschiedenheit. Und mir war, ich sei an diesem einen Tag jahrelang in Port-Royal gewesen.

Das Paar entfernte sich, ohne einen Blick auf mich. Oder so: meine Anwesenheit war den beiden von Anfang an unbemerkt geblieben. Sie hatten demnach gar nicht auf einen Bus gewartet. War das vielleicht ein ausgedienter Busstop, und die mir aus den Vorjahren bekannte Buslinie überhaupt außer Betrieb? Doch: da hing der aktuelle Fahrplan, und er galt auch an den Wochenenden.

Mir, gerade noch in Zeitnot, wurde die Zeit jetzt lang. Ich bildete mir ein, das rühre daher, daß weiterhin kein Mensch ein Auge für mich hatte. Bei den Landstraßen-Radfahrern war das ja das Übliche, speziell denen im Pulk, mit Dress und Sturzhelm, zudem damit beschäftigt – die surrenden Räder mußten übertönt werden –, untereinander ihre Schreidialoge auszutragen. Auch aus den Autos heraus, den nun am späten Nachmittag sich kaum mehrenden, traf oder wenigstens streifte mich kein Blick; wenn die Insassen überhaupt etwas im Auge hatten, so die Straße, oder, wenn sie in der Mehrzahl waren, einer den andern. Dabei war ich doch in meiner Vorstellung eine auffällige Erscheinung, mit dem dreiteiligen blauschwarzen Dior-Anzug, dem breitkrempigen Borsalino und der Bussardfeder im Hutband, mit der dunkelgetönten Brille, allein auf der morschen Sitzbank im Busunterstand.

Ich trat hinaus an den Straßenrand. Nicht daß ich mir wünschte, es träfe mich dabei ein Blitz aus dem Zenit.

Aber ich war doch einen Moment lang dazu bereit, so verlangte es mich nach einem Existenzbeweis. Ich setzte mich eigens auf einen Randstein weit größer und dicker als die anderen in der Reihe, welcher außerdem schief stand, bis oben hinauf umwachsen von den besonders bissigen Maiennesseln. Als ich ein paar von denen ausriß, mit den bloßen Händen, wobei ich mich absichtlich brennen ließ (anfangs ein Wohlgefühl), bemerkte ich in dem Stein, dieser nicht wie die andern aus Beton, sondern Granit, eine nicht erst heute oder gestern herausgemeißelte Königskrone. Ich zog mit ausführlichen Gesten deren vermooste Umrisse nach, mit den Nägeln und dann mit dem kleinen, kaum mittelfingerlangen Sarazenerdolch, den ich wie üblich eingesteckt hatte, und grätschte wiederholt die Beine, um die Blicke, gleichwelche, wie durch einen sich öffnenden Vorhang auf das Phänomen zu lenken: »So schaut doch, seht, ein Randstein aus den Zeiten der Könige, und der Idiot des Tages, der darauf hockt, als wäre das sein Platz, und wie der Irrläufer im Sitzen auf dem Königstein zugleich einen Tanz aufführt, ohne seinen Hintern auch nur einen Zoll zu lüften; wie er da am Rand unserer weiland Königstraße seinen seit Jahrhunderten schon aus der Mode gekommenen Sitztanz tanzt, dazu auf den spitzen schartigen Kanten seines Thronfelsens!«

Jedoch niemand merkte auf, weder was mich anging noch sonstwen oder -was. Besser endgültig abgeurteilt als übergangen zu werden. Jeder für sich, und das nicht bloß auf und in den Fahrzeugen: auch die eine Wandertruppe, eine sozusagen individuelle, Alte und Junge, ohne Stock oder mit, zog in heiteren Zurufen untereinander ohne ein Wimpernzucken an mir Randsteinsitzer vorüber; desgleichen die zwei, drei Alleinwanderer, gehend vertieft in ihre Wanderkarten.

Dabei war ich doch ein Zuständiger. Sie alle, die Fahrenden ebenso stark wie die Geher, drängte es mich unter dem Himmel der Ile-de-France, und nicht nur der Ile-de-France, fahren und gehen zu sehen – was mir nicht gelang, nicht und abermals nicht. Ein sehr Junger, wie von weit kommend, aus dem hellen Westen, einen Riesenkoffer schleppend, einen ohne Räder, bewegte sich zuletzt auf mich zu, im Gegenlicht, so daß ich in sein Gesicht Einblick bekam erst in seinem Vorbeigehen, des Mich-fast-Streifens – auch er mich übersehend, unvorsätzlich, es gab mich für ihn nicht –: ein gar junges Gesicht, zugleich eins, welche Seltenheit, aus alten Zeiten. Von ihm weg mich prüfend zenitwärts gewendet – und auch der da, das Fastkind mit einer Gesichtsform aus den früheren Zeiten, denen Ludwigs des Kreuzfahrers oder denen Parzivals, ging unter keinem Himmel.

Doch dann: in meinem Nachblick, über die Schulter, auf seinen Hinterkopf und den Rücken: Wann zuletzt war einer so unter solch einem Himmel gegangen? Und ich sollte bis zum Abend und bis in die tiefe Nacht nicht wenige unter dem Himmel fahren, gehen, stehen, sitzen, liegen sehen.

All die Buswartezeit schon waren aus dem Dorf, oder aus einem einzigen Garten dort, Töne und Stimmen wie eben nur bei einem Fest an die Landstraße gedrungen, und ich hatte gedacht: »Zu früh für ein Fest, jedenfalls für mich. Verschont mich mit euren Maifesten. Mein Fest, das Rachefest, im Rachelicht, es soll warten, bis zum Abend, bis in die Nacht!«

Jetzt dagegen wünschte ich, es fände einer der Festteilnehmer den Weg zu mir an den Königlichen Randstein und lüde mich ein – wünschte das, auch wenn der Tag ja als einer gedacht war, da das Wünschen nichts ausrichtete. Besonders eine Frauenstimme aus dem Festbezirk ließ mich immer hinhorchen, und zwar, wie sie lachte: das einmal fröhliche, dann abtuend-auslachende, dann gar übermütige, zugleich aber wie an allem und allen um sie herum und insbesondere an sich selber verzweifelnde Lachen meiner Mutter. – Ein Lachen nah am Verzweifeln und doch ein Fest-Lachen? – So war es. So ist es –

den vorigen Jahrzehnten den Mutterphantomen nachgegangen.

Endlich der Bus, schon von weitem mit den Scheinwerfern blinkend, wie für mich persönlich. Den Tag lang waren mir nur fast leere Busse begegnet, und der da prangte beim Zusteigen förmlich von Passagieren, die meisten mit fremden Gesichtern, fremdländischer in Zahl und Masse kaum vorstellbar, zugleich mir auf den ersten Blick beinahe erschreckend vertraut. Ja, war das vielleicht ein Landarbeiterbus, einer, wie ich ihn aus Spanien kannte, gedrängt voll mit *labradores*? Und schon hatte ich in der Nase den Geruch von Zwiebeln, Orangen, Maiskolben und vordringlich den von frischem Koriander.

Aber nein; diese breiten, allesamt einander ähnelnden Gesichter waren nicht die von Landarbeitern. Höchstens war der eine Uralte unter ihnen vorzeiten, in Andalusien oder auch Rumänien, einer gewesen. Und doch saßen in dem Bus bis zuhinterst im Heck die Kinder und Enkel der *labradores*, ob der spanischen, nordafrikanischen oder balkanesischen. Nur arbeiteten sie längst auf keinen fremden Ländereien mehr, hatten vielleicht nicht einmal eine Ahnung überliefert bekommen von Land und Landwirtschaft, hatten von Geburt an hier auf dem Plateau der Ile-de-France gelebt und waren Verkäuferinnen geworden, Kellner, Hausangestellte, Hundedresseure, Büglerinnen, und der Vorabendbus brachte sie gerade nach der Tagesarbeit heim zu den Wohnungen in eine der neuen Streusiedlungen.

Mehr und mehr stiegen von Station zu Station aus, wobei das Bild, das mir von ihnen nachgeht, das von Dörflern, vor allem Dorffrauen, auf einer feiertäglichen Ausflugsfahrt ist; sie hätten auch aus meinem einstigen Dorf kommen können. Und in dem sich von Mal zu Mal leerenden Bus zeigten sich diese und jene anderen Gesichter, grundverschiedene, nicht zu definierende, auch nicht dem Alter nach. Jeder der paar Übriggebliebenen las, ein Buch freilich nur ein einziger. Sonst las man, merkwürdiger, zugleich vertrauter Anblick, auseinandergefaltete Karten, inzwischen war dazu ja Platz genug; keine der regionalen Wanderkarten, sondern Landkarten größeren Maßstabs, Länderkarten, und las der dort nicht eine Weltkarte? Ja – und einen Fahrgast gar sah ich beim Studium eines Sternenatlas.

Den Blick abwenden aber konnte ich nicht und nicht von der jungen Schwarzen hinten am Heckfenster mit dem Buch vor sich. Zuerst fiel mir nur die von oben bis unten gleich dunkelschwarze Gestalt auf, ununterscheidbar die Gesichtszüge, als etwas Gespenstisches, gar Bedrohliches, im Kontrast mit der jetzt am Vorabend grüner als grün vorbeiziehenden Maienlandschaft. Auf was hatte man sich da, über mich hinaus, gefaßt zu machen? (Als Heranwachsender hatte ich mir im Abendbus heimzu eine Geschichte zusammenphantasiert, wo neben dem Chauffeur plötzlich ein Wahnsinniger aufragte, mit dem Ausruf: »Ich bin Gott!« und dabei auch schon das Lenkrad herumriß und sich »mit uns allen« in den Abgrund stürzen ließ.) Erst in der Folge bekam ich Augen für den auf das emporgezogene Knie gestützten Arm der Afrikanerin und die Hand mit dem Buch; nein, was sich so sehen ließ, war das Gegenteil von einem Gespenst oder Schreckensbild. Und das kam von dem Weiß der Buchseiten, wie es aufleuchtete beim Umblättern oder durch eine jedesmal wie unwillkürliche Handbewegung der Leserin.

Es war nicht selten, daß ich Unbekannte so lesen sah, und vielleicht sogar häufiger als in früheren Jahren, oder ich hatte mit der Zeit besondere Augen bekommen für Lesende, solche und andere, und ein jedesmal war ich nah dran – wobei es blieb –, diejenigen zu fragen, was, welches Buch, sie denn da »so schön!« läsen. Bei dieser Leserin aber stand mir erst gar nicht der Sinn danach, den Titel zu wissen. Ich brauchte den nicht zu kennen, gewiß, wie ich war, sie läse das Buch »Buch«, aus der

Reihe »Buch der Bücher«. Zeitlebens auch, obgleich jedesmal ausschließlich angesichts der Natur, hatte ich da drei Farben, die sich fügten zu einem Friedensbild, den Himmel, einen Berg, einen Fluß (klassisch) als »Fahnenfarben«, Farben einer Friedensflagge, erlebt: Hier nun, am Grün hinterm Busfenster, am Weiß der Buchseiten und am Schwarz-in-Schwarz dieser Leserin, kamen solche Fahnenfarben erstmals nicht aus der Natur allein. Und ich stellte mir vor, wie im tiefen Afrika dereinst das Lesen weitergehen würde. Eine Hand gab beim Umblättern die andere, und in gleicher Weise ein Finger den anderen.

Das Busziel war eine Zugstation, unten in einem der Seitentäler eines der Flüsse der Ile-de-France hin zur Seine. Aber die Busfahrt, zuletzt dann eine regelrechte Reise, sollte bis zum Ende der Geschichte, bis in den Abend und dann nachtwärts, weitergehen, wenn nicht mit Linien-, sondern sogenannten »Ersatzbussen«. Das Schienennetz um Paris herum war nämlich dabei, von Grund auf erneuert zu werden, und es herrschte die »Ersatzbusepoche«, was zur Folge hatte, daß die Ersatzbusse als Stationen die üblichen Zugbahnhöfe ansteuerten, und dazwischen, weg von den Schienen, jedesmal gewaltige, die Fahrtdauer daher vervielfachende Umwege nehmen mußten, in Schleifen über Nebenstraßen durch nie gesehene Gegenden, immer wieder bis an die Grenzen der Ile-de-France und manchenorts – davon noch im weiteren – auch darüber hinaus.

Mir kam das nur zurecht. Es war mir nämlich, als habe ich, nach der Sekunde der Zeitnot, Zeit in Fülle, und das sei außerdem ein besonderes Seelennaturgesetz; jedenfalls erklärte ich es dazu. Und tatsächlich erlebte ich die Geschehnisse jener Ersatzbusfahrt – auch die traurigen, schlimmen – als Zeit in Fülle, die Zeit als den Gott, der gut war, ohne einen Gedanken an das, was ich vorhatte oder was mir noch bevorstünde.

Schleife um Schleife, auf Riesenumwegen, transportiert in sämtliche Richtungen, war mir zugleich, als ginge ich draußen müßig, als erginge ich mich, Schritt für Schritt, von Geschehnis zu Geschehnis, von Bild zu Bild, das Plateau weiter federnd unter den Füßen; bliebe auch immer wieder stehen; setzte mich auf eine Bank; beträte eine im Vorbeifahren erblickte ausgediente Kirche. Ein Epos der Ersatzbusstrecken! »Wo bist du, Homer der Ersatzbusse?« Andrerseits: wie hart da die Sitze im Vergleich zu den Linienbussen. Welch bodennahes Gerumpel statt des einlullenden Geschnurres. Welche Tortur beim geringsten Schlagloch. – Doch gehörte nicht das zum Epos?

Alle die Trampelpfade zwischen den Nieder- und Hochhäusern, gesprenkelt von Gänseblümchen, und einzig von ihnen. Älterer Mann und ebensolche Frau vor dem Eingang der Billigmietkaserne, die Frau in den Manteltaschen, den tiefen, des Mannes nach dem Wohnungsschlüssel suchend. Ein Junger ohrfeigt seine Mutter. Alle die Gehetzten – und wo sind die Hetzer? Und da: ich als Kind – was für ein Scheitelwirbel, und erst die Pausbakken! Und was für ein Gebrüll jetzt von dem Hund – und dazwischen ein Wimmern wie von einem Neugeborenen. Und, siehe!, da geht der Totgeglaubte, der Idiot unserer Heimgegend, mir nichts, dir nichts, als ob nichts wäre – nur der Bart ist ihm gewachsen in der Zwischenzeit – ah, Zwischenzeit!

Ein Gerangel auf dem Gehsteig, einer hat den Nebenmann, unabsichtlich, gerempelt mit seinem vierkantigen Computerrucksack, und der Angerempelte schlägt mit den Fäusten zurück.

So viele Kinder, die, wenn man, vor allem von weiter weg, zu ihnen hinschaut, sich verstecken, als würden sie gerade etwas strengst Verbotenes tun – und dabei spielen sie nur, wie die zwei gerade, mit einer Blechbüchse.

Die Greisin, wie sie steht und steht vor der Bank und zu sich selber sagt: »Sitz!«, und wieder »Sitz!«.

Und die Ereignisse an den hundert Umkehrschleifen: der auf der Hinfahrt dort ratlos vor seinen am Straßenrand ausgebreiteten Werkzeugen Hockende, und auf der Rückfahrt hockt er weiterhin so. Der am ganzen Leib Zitternde hält einem andern, der ihm Feuer geben will, die zitternde Hand. Der von Kopf bis Waden Volltätowierte mit den bleicher als bleich abgekauten Fingerkuppen. Der Greis, der sich in einem fort bückt nach Haselnüssen unter einem Haselstrauch und nicht weiß, daß es erst Mai ist und daß der Sommer noch bevorsteht. Und wieder ein Kind, wie es jemand Unbekanntem hinterrücks, von weitem, nachschreit – um ihn zu beschimpfen? Nein, um dem Fremden, wenn er sich umdreht, zu winken. Und nicht zu vergessen: die nicht wenigen am Ende ihrer Kräfte, wie sie, nur ein Beispiel, an einem Straßenrandbaum lehnen, und nicht nur außerstande sind, einen Schritt von der Stelle zu tun, sondern auch unfähig, mit den dabei immerzu sich krümmenden und kreuz und quer durch den Luftraum fuchtelnden Fingern nach etwas dringend Benötigtem in die eigene Tasche zu greifen, nach einem Schlüssel oder einer nicht weniger benötigten Sicherheitsnadel: »Hilfe!« sagen diese vergebens zu dem vormals dazugehörigen Körper zurückfindenwollenden, außer Rand und Band geratenen Finger: »Hilfe! Rettung! Helft mir, um Himmels willen!« Als Antwort, mehr Hohn als Antwort?, das Rumoren in den Lüften, das schon vorher da war, beständig, nicht erst seit dem heutigen Tag, ein gleichmäßiges Hintergrundgetöse – die Radiowellen? –, das aber erst sich abhebt von der üblichen Geräuschwelt nah diesem Hilferuf. Und wie viele Niemandsländer es weiterhin gab, zwar immer kleiner, aber mehr und mehr.

Nichts zu erzählen dagegen, trotz der Fahrt tief in den Abend hinein, aus dem Businnern? Doch: Ich nähte mir einen Hemdknopf frisch an: Geborgenheitsgefühl dann am Handgelenk, Häuslichkeit im Aushäusigsein. Und einer der Passagiere beschimpfte sein vor ihm liegendes Mobiltelefon: »Hör auf, mich anzublinken, Ratte!« Und einer der durch das halb offene Busfenster in den Wagen segelnden Weiden- und Pappelblütenbäusche, gelandet auf meinem Handrücken, ließ in dem weißen Flaum sich bewegende schwarze Fliegenflügel sehen, oder nein: der Flaum selber war Teil der Fliege, und unmöglich, die »weiße Flaumfliege« (wie sie bei mir da hieß) von der Hand zu blasen, wozu ich wortwörtlich dachte: »Diese Fliege wird die Menschheit retten!« Und der eine japanische Buspassagier mit der Atemmaske. Und die nicht wenigen anderen mit dem Namen »Stöpsler« und »Nestler«, oder dem Doppelnamen »Nestler-Stöpsler«. Und nicht zu vergessen die sich jeweils im Fond des Busses für den Abend schönmachenden Frauen, von Station zu Station andere.

Und, ja doch, die aufgelassene Kirche, an einer der Busschleifen nah an der Ile-de-France-Grenze, hin zur Normandie oder Picardie. In einer der Rastpausen betrat ich sie. Sie war offen, umgewandelt in einen Bridgesaal, einen stillen, nur an einem Tisch Spieler, Frauen. An einem zweiten Tisch eine Frau, eine ältere, allein, mit geschlossenen Augen. Von der Kircheneinrichtung keine Spur mehr. Und dann doch eine: das Ewige Licht an einer Seitenwand, elektrisch gewesen schon in der Gottesdienstzeit, und wie es widerschien in den auf den Kopf geschobenen Brillen der Bridgekartenspielerinnen. Und dann noch so ein Überbleibsel: der frühere Beichtstuhl, von Kindern benutzt zum Versteckspielen. Und draußen im Rundbogen um die Eingangstür noch das Rautenmuster aus dem Mittelalter, gleichsam Auge verbunden mit Auge, was ich mir als eine Variante der Computer-»Aerobase« vorstellte. Und dann noch einmal siehe!: die tausendjährigen Steinmetzzeichen, eines eingraviert als Baumpyramide, und dazu der eine Läufer, der, gestoppt vor den Zeichen, wie vor Piktogrammen an Trimmpfaden, seine Leibesübungen machte. Und ich zündete da oder dortselbst zuletzt noch zwei Kerzen an, nicht drinnen unterm Ewigen Licht, sondern draußen im Freien, nah den Rauten und Steinmetzzeichen, eine für die Lebenden und eine für die Toten. Da sah ich meine Schlange wieder; ausgewandert an die Grenze, lag sie eingeringelt in der letzten Maisonne mit einer andern zusammen hinter der früheren Kirche im Gras und blieb da liegen, hob nur momentlang den gescheckten Kopf. Zu dieser Epopöe gehörte aber auch, daß der Ersatzbusfahrer sich immer wieder verirrte und nicht weiterwußte, und wer ihm dann half und den Weg wies, das war jeweils ich. So war es gedacht.

Nach der neunundneunzigsten der Ersatzbusschleifen abends die Endstation; das Ziel. Die vorgesehene Gaststätte: eine Endstation-Gaststätte wie nur je eine. – Was soll man sich darunter vorstellen? – Nichts im Besonderen, außer daß sie, mich jedenfalls, an das Innere einer Scheune erinnerte, wenn sie auch seit jeher, seit Jahrhunderten, immer nur als Wirtshaus gedient hatte; schon der Fußboden, aus engverfugten Eichenbrettern, eher der eines Überseeschiffsrestaurants. Ich saß noch eine Zeit allein an einem der vielen Tische, die sich erst allmählich feierabendlich bevölkerten, und versank in die Betrachtung der alten Fußbodenbretter, wohl auch dank des im Lauf des Tages schwer gewordenen Kopfes. An den zahlreichen Stellen des Holzes, wo einst aus dem Eichenstamm die Äste herausgewachsen waren, gab es, anstelle der früheren »Ast-Augen«, Vertiefungen im Boden; meist kleine und da und dort auch größere, tiefere Mulden, und mir kam so in den Sinn der dörfliche Fußboden, freilich aus Fichte, nicht Eiche, wo wir seinerzeit/unsrerzeit, auf ähnliche Löcher und Mulden zu, mitten im Haus und nicht etwa draußen im Freien, mit eigenhändig gemachten Lehmkugeln unser ganz besonderes Murmelspiel gespielt hatten; und ohne an je die späteren Spiele zu denken, war es mir jetzt, jenes Kinderspiel sei, wiederum wörtlich, »das Summum« all unserer Spiele gewesen. Und so eines wollte ich auch für die bevorstehende Nacht. »Wollte« ich? Ich setzte es so fest: unser Entscheidungsspiel. Und das »Wir« dabei verstand sich von selber.

Name der Endstationsgaststätte: »Neuf-et-Treize«, Neun-und-Dreizehn, und so hieß sie schon seit mehr als einem Jahrhundert. Weil da zwei Bahnlinien zusammenkamen? Der Saal war fast gefüllt, bis auf einen Tisch, einen kleinen, in der Mitte, welcher leer blieb und das bleiben sollte; auch das war so gedacht.

Das Fest konnte beginnen. Es bedurfte keines Signals oder Auftakts. Ein bloßes Mantelaufhängen, Stuhlrükken, Platzeinnehmen fügte sich mit anderen Bewegungen, Gebärden und Gesten, einem Händeschütteln, einem Brauenheben, zu Festlichkeit, wenn nicht, für Momente, Feierlichkeit, und das eine, besonders auffällige Handgeben, in einem weiten Bogen oben von der Stirn hin zu der Hand des Gegenüber, hätte es dazu gar nicht gebraucht.

Nicht wenige derer, die mir tagsüber begegnet waren, hatten sich eingefunden, in anderer Gestalt, und trotzdem dieselben: der Sänger und Taxifahrer, der Richter und Schalmeienbläser. Und mir kam der Gedanke, ja, die Erkenntnis, daß ich es all die Zeit mit keinem einzigen bösen oder schlechten Menschen zu tun gehabt hatte, und das nicht bloß an diesem einen Tag, sondern schon seit Monaten, seit Jahren! War ich überhaupt je mit einem Bösewicht, mit jemand Grundschlechtem in Person zusammengeraten? Nicht in Person, nie in Fleisch und Blut.

Einzig helle Gäste sah ich um mich. Hell ebenso die mit den Düstermienen: welch besondere, fast (fast) überirdische Helligkeit strahlte da auf, sowie die Düsternis jeweils für einen noch so flüchtigen Augenblick von ihnen abfiel.

Unter den Paaren im Saal herausstechend die Neulinge, wobei ich »Neulinge« bei mir nicht nur die nannte, welche einander gerade zum ersten Male begegnet waren, zufällig, unterwegs zur Gaststätte, und nun erstmals versuchten, dem noch fast Unbekannten zu erzählen, wer sie waren, woher sie kamen, was ihr Beruf war. »Neulinge«, so hieß ich außerdem dieses und jenes alte und dazu ehemalige Paar, das nach langer Abwesenheit, seit Jahren getrennt voneinander, erstmals wieder ein Zwiegespräch führte – und wie das stockte, und wieder stockte, bewegt dabei von dem beiderseitigen guten Willen, und von mehr. Dazwischen gewürfelt jenes eine Paar, wo von dem Mann, oder war es die Frau, später am Abend dann ein raumfüllendes Aufheulen kam: »Ich will dich nie mehr sehen, verschwinde!«, und fast im gleichen Atemzug, in einem womöglich noch wüsteren Geheul: »Wir gehören zusammen, und nichts kann uns trennen, auf Ewigkeit, bleib bei mir, ich flehe dich an!«, und zuletzt nur ein einziger wortloser Jammerlaut, der gleich überging in Gesang, einen zumindest versuchten.

Meine unbekannte Tischnachbarin – richtig gelesen –, die ich im stillen »meine Tischdame« hieß, hatte ein Mobiltelefon vor sich liegen, mit welchem sie jemandem etwas schrieb, und ich konnte nicht umhin, zu lesen, Buchstabe für Buchstabe, Wort für Wort: »Beim Hinabsteigen in die Metro wünschte ich, mein Kleid (es gibt nicht nur Frauen mit Hosen) würde auf den Stufen flattern im Wind, und du sähst das im Nachblicken von oben, aber es war zu spät, und du warst nicht mehr da, um es zu sehen.« (*Übersetzung von mir.*) Worauf ich auf der Stelle mein eigenes Gerät öffnete und auf dem Bildschirm da las, drei mir eben erst zugesandte Gedichte meines Freundes Emmanuel, des Karosserie-Malers, als erstes: »Rentré à la maison comme d'habitude / Je l'aime« (Heimgekommen wie gewohnt / Ich liebe sie), und das zweite: »Est-ce qu'elle de mauvaise foi? / Et alors« (Hat sie Hintergedanken? / Und wenn). Und hier noch das dritte: »Il faudrait que je retombe amoureux / Ça fait oublier les points et les virgules« (Zeit, mich neu zu verlieben / So vergesse ich die Punkte und die Beistriche« (*Rohübersetzung von mir*).

Zwischendurch saß ich an der Theke, auf einem der hohen Hocker, von wo ich den besten Überblick in den Saal hatte. Der Barmann war im aufgeregten Gespräch mit einem Gast, der andere hörte nur still zu, und aufgeregt war allein der Barmann, der ohne Unterlaß erzählte und erzählte. Nicht wenige Gäste unseres Fests gingen immer wieder durch die Schwingtür in die Küche, als sei auch dort ihr Ort. In meinem Weinglas eine Kastanienblüte, mit der *line of beauty and grace*. (Ich schluckte sie.)

Am Tisch zurück, bemerkte ich erstmals den riesigen Fernseher im hinteren Saalwinkel. Er war an, lief stumm. Da saß eine Expertenrunde, in der offensichtlich viel gelacht wurde: sich wie in einem Ritus bleckende Gebisse, und zwischendurch Getuschel hinter vorgehaltener Hand, wie Fußballtrainer, welche ihre Taktik verhehlen wollen. Sie alle hatten ihre Expertenperiode hinter sich und waren Teil des weltweit-ewigen Amusements. In einer der Frauen der Runde erkannte ich die Täterin, diejenige, die ihre Ahnungs- wie Achtlosigkeit meiner Mutter ins Grab nachgerufen hatte. – War das wirklich sie? – Es war sie. Ich bestimmte es so. – Sie hatte drei Paar Brillen auf: eine oben auf dem Kopf, eine vor den uneinsehbaren Augen und eine an einer Schnur vor der Brust, und sie schrieb immer wieder etwas auf, mit einem überlangen Bleistift, von dem ich wünschte, er bräche in der Mitte entzwei (nur war das, wie gesagt, kein Tag, an dem die Wünsche halfen).

Und plötzlich rollte die Kugel, rollten die Murmeln ganz woandershin, als zu Beginn dieser Geschichte gedacht. Sie, die Übeltäterin, sie und ihresgleichen gehörten nicht in die Geschichte, weder in diese noch in sonst eine! Es war darin kein Platz für sie. Und das war meine Rache. Und das genügte als Rache. Das war und ist Rache genug. Wird genug an Rache gewesen sein, amen. Nicht das Schwert aus Stahl, sondern das andere, das zweite.

Sie und ihresgleichen. Und wir hier, im Saal, wir Festgäste, hatten wir denn »unseresgleichen«? Nein, wir hatten nicht unseresgleichen, nirgends auf der Welt. Zu unserem Glück? Zu unserem Unglück? Waren wir zu beneiden, zu bedauern, zu betrauern? Heiliges Durcheinander.

Ein Seufzen erscholl quer durch den Festsaal. – »Ein Seufzer«, etwas »erschallt«? – So war es.

Ich bat meine Tischdame um einen Taschenspiegel, um mein Rächergesicht zu betrachten: Ja, sieht so einer aus, dem die langersehnte Rache gelungen ist? Fröhlich schaute ich mich aus dem Spiegel an, fröhlich, wie ich mich kaum je erlebt hatte, und in den Augenwinkeln der reine Leichtsinn. »Bräutigam! Bräutigam!« – mir zuliebe deutsch – hörte ich eine verspätete Amsel aus der Nacht rufen, oder war das eine Nachtigall? Und so oder so sang der Vogel nicht, sondern er schrie. Er brüllte. Dazu das Getrommel wilder Palmen.

Eine andere Geschichte ist, wie ich in jener Nacht heimgeirrt bin, im Morgengrauen ohne Schlüssel vor dem Gartentor, und in der Erinnerung auf allen vieren; und aus den Wäldern des Ewigen Hügels ein erstes Jägerballern. Aber diese Geschichte soll jemand anderer erzählen.

April–Mai 2019
Ile-de-France / Picardie